Jenni Vohn

GROWING UP

„Ich weiß nicht, ob ich das deiner Familie zum Lesen geben würde.“

Meine liebe Frau. Köln, 1.11.2020

Jenni Vohn

GROWING UP
and mostly down

Memoiren eines zeitgenössischen

Hedonisten

Bibliografische Informationen der Deutschen Nationalbibliothek: Die Deutsche Nationalbibliothek verzeichnet diese Publikation in der Deutschen Nationalbibliografie; detaillierte bibliografische Daten sind im Internet über dnb.dnb.de abrufbar.

Die automatisierte Analyse des Werkes, um daraus Informationen, insbesondere über Muster, Trends und Korrelationen gemäß §44b UrhG („Text und Date Mining") zu gewinnen, ist untersagt.

© 2025 Jenni Vohn
Verlag:
BoD · Books on Demand GmbH, Überseering 33, 22297 Hamburg,
bod@bod.de

Druck: Libri Plureos GmbH, Friedensallee 273, 22763 Hamburg

ISBN: 978-3-7597-8458-2

Inhalt

Betty

Geräusche drangen aus der Distanz an mein Ohr, dumpf, weit entfernt. Klarer und erschreckend näher, den Bruchteil einer Sekunde später und von einer Vulgarität, die mich schneller und erbarmungsloser in die Realität zurückkriss, als dass ich den Moment genießen konnte. Dieser Moment, der kürzeste Traum, in dem die Gedanken vollkommen frei und vom Körper getrennt schienen. Vermutlich, weil sie sich vor dem profanen Akt ekelten und die Flucht ergriffen. "Fick mich, jaa...oohh", stöhnte Betty mir ins Ohr. Langsam öffnete ich die Augen. Der Bildschirm blendete mich. Ich nahm das Headset ab und knüllte das sorgfältig ausgelegte Taschentuch zusammen. Ich hatte es verfehlt. Mit dem Taschentuchknüll wischte ich Stuhl und Boden sauber, bemüht, meine Boxershorts nicht mit meinem erschlaffenden Schwanz zu berühren. "Ja, du Hengst, komm, besorg es mir mit deinem fetten Schwanz!", forderte Betty aus den Kopfhörern an meinem Hals. Die süßen Lügen, die ich vor einer Minute bereitwillig geglaubt hatte, schlugen mir mit so schmerzender Klarheit entgegen, wie das Gebrüll der Marktschreier auf einem Fischmarkt am Samstagnachmittag. Im Hintergrund hörte ich etwas zischen. Scheiße, saß die Alte etwa am Bügelbrett? Oder stand sie irgendwo in ihrer Zweizimmer-Sozialbauwohnung am Herd und kochte für ihre zwei Bastarde das Mittagessen, während sie sich das Geld für den nächsten Monat ihres trostlosen Daseins erstöhnte? Ich betrachtete das Bild in ihrem Profil: Betty, 28 Jahre alt. Eine vollbusige, brünette Männerphantasie mit Vorliebe für Analverkehr, Gangbangs, Telefonsex und Kostüme. Pralle

Möpse sprangen mir aus einer viel zu engen Polizeiuniform entgegen. Ich hatte Betty gewählt, weil die anderen, die sich vor den Kameras räkelten und den Zuschauern die Kontrolle über ihren Dildo überließen, allesamt nicht mein Fall waren. Eventuell die kleine Asiatin, aber als ich in ihrem privaten Chatraum war, stellte sie sich als inkompatibel mit meinen Vorstellungen von gepflegtem Cybersex heraus. Also hatte ich mir die Profile der Damen angeschaut, die Telefonsex anboten, ohne Livebild. Die Fotos in ihren Profilen waren ausnahmslos schöner als die amateurhaften Aufnahmen der Kandidatinnen für den Cybersex. Betty hatte mich nicht nur mit ihrer Vorliebe für Analsex überzeugt, sondern hatte mich auch innerhalb von fünf Minuten und sechsunddreißig Sekunden (zu je einem Euro sechsundneunzig) zum Höhepunkt geschrien. Ich klickte auf den roten Hörer und Betty verstummte mitten in einer Kakophonie aus Stöhnen, Zischen und Hundegebell. Ich zog meine Boxershorts hoch und ging durch den Flur in Richtung Gästeklo, vorbei am Schlafzimmer, meinem "Arbeitszimmer" (es war inzwischen ein halbes Jahr her, dass ich es zum Arbeiten genutzt hatte) und dem Gästezimmer, das noch seltener genutzt wurde als das fünfte Zimmer, das komplett leer stand und von meiner Mutter in utopischer Erwartung als "Kinderzimmer" bezeichnet wurde. In der Realität diente es als Abstellkammer und hin und wieder als Tanzfläche, wenn die Clubs schlossen oder uns nicht mehr reinließen, weil einer von uns die zehn Sekunden vor dem Türsteher nicht durchstand ohne zu wanken, laut loszulachen oder den Türsteher als "faschistischen Hurensohn" zu bezeichnen. Da ich meine Wohnung akribisch nach den Parametern Clubnähe, Bahnnähe und Größe ausgewählt hatte (in dieser Reihenfolge), verbrachten wir einige späte Abende und frühe

4

Morgen in meinem "Kinderzimmer", was sich auf dem teuren Buchenparkett bemerkbar machte, das in etwa so klebte, wie der Boden der "LiveStyleFabrik" nach einer Flatrateparty. Meine gelegentlich aufkeimende Paranoia ob meiner finanziellen Situation riet mir hin und wieder dazu, den Raum an einen WG-Partner zu vermieten. Glücklicherweise verschwanden sie in der Regel so schnell, wie sie gekommen waren. Ich wusch mir, den Blick aus den leeren Augen im Spiegel meidend, die Hände und verdrängte den Gedanken an meine Finanzsituation. Anschließend ging ich an den Kühlschrank, nahm eine Flasche Becks heraus und rief Philipp an. Unsere Mütter hatten sich nach unserer Geburt bei einer Zigarettenpause im Krankenhaus kennen gelernt. Wir waren gemeinsam in der Krabbelgruppe, hatten mit vereinten Kräften die Kletterburg im Kindergarten bezwungen, die Grundschule überstanden und uns in der Pubertät über unsere ersten Sackhaare und unerwiderten Liebschaften ausgetauscht. Nach dem Abitur waren wir beide in Köln geblieben, wo ich mir mein Domizil zugelegt hatte und Philipp, der gerade das Geld seines frühzeitig verstorbenen Vaters geerbt hatte, sich eine schicke Drei-Zimmer-Wohnung gekauft hatte. Wir verabredeten uns zum Fußballgucken und ich ging mit einem frischen Bier unter die Dusche.

Didi und Dope

Als ich um halb zehn in „Didi's Pinte" ankam, war der Laden selbst für einen Samstag ungewöhnlich voll. Vor der Kneipe stand eine Traube von Menschen, rauchte und blickte auf die Bildschirme, die Didi zur Straße hin ausgerichtet hatte. Ich quetschte mich an den angetrunkenen Familienvätern vorbei und bahnte mir den Weg zur Theke. Als Jenny, Didis neue Kellnerin, mich sah, winkte sie mir zu und brachte mir, die Bestellungen bellenden Fußballkneipentouris ignorierend, drei frische Kölsch. Ohne ein Wort zu verlieren, nahm ich die Gläser entgegen, wandte mich, die neidischen Blicke in meinem Rücken genießend, von der Theke ab und auf den Ecktisch zu. Philipp und Stefan „Fetti" Vettmann waren bereits da und hatten, dem Deckel nach zu urteilen, bereits vier Runden Vorsprung. Ich stellte das Bier ab und begrüßte die Jungs. „Wo ist mein Stuhl?", fragte ich. „Junge, es ist gleich Viertel vor zehn! Wir haben dir den Platz bis kurz vor dem Spiel freigehalten, aber Didi meinte, wenn du heute nicht pünktlich bist, musst du stehen", antwortete Philipp. „Ja toll, und jetzt soll ich stehen, oder was?", konstatierte ich das Offensichtliche. „Das beschissene Spiel hat doch noch nicht mal angefangen." Auf dem Bildschirm interviewte gerade irgendeine blonde Fußballschlampe irgendeinen alten Sack zu irgendeinem Schwachsinn. – Unverständnis auf Philipps Gesicht. „Das Spiel hat um 20.45 Uhr angefangen. Es ist gerade Halbzeit." – „Ah", erwiderte ich vielsagend, „wer spielt denn?" Entsetzen und eine Spur Ekel vertrieben das Unverständnis. „Junge, guck dich doch mal um! Es ist Finale!" Ich ließ meinen Blick durch den stickigen Raum wandern und fand mich in einem Meer aus gelben

Polyestershirts wieder, unterbrochen durch vereinzelte rot-blaue Flecken, die sich in den dunkelsten Ecken der Kneipe zu verstecken schienen. Ungefähr zeitgleich traf mich der beißende Geruch von aufgewärmtem Schweiß, der sich mir seit meiner Schulsportzeit in die Nase und ins Gedächtnis gebrannt hatte. Nicht, dass es in „Didi's Pinte" sonst unbedingt angenehm roch. Auch die Stammgäste, zu denen wir uns nicht ohne Stolz zählten, kamen mitunter nach harter körperlicher Arbeit (die anderen) oder verkaterten Tagen (wir) auf ihr wohlverdientes Feierabendbier vorbei. Aber heute mischte sich dieser penetrant-stechende Geruch unzähliger Trikots darunter, deren Schicksal zwischen Sportkleidung und Modeerscheinung noch ungeklärt war. In Ermangelung einer Sitzgelegenheit und aufgrund der olfaktorischen Zumutungen nahm ich mein Bier und wühlte mich wieder nach draußen, um eine zu rauchen. Nach dem Spiel (offensichtlich hatte die falsche Mannschaft gewonnen) gesellten sich Philipp und Fetti zu mir. „Ey, das ist doch echt einfach unverschämt. Ribery hätte schon wieder runterfliegen müssen. Jedes Mal!" – „Ach, der hat dem Schiri doch einfach eine von seinen 16-jährigen angeboten und…", und so weiter und so fort. Ich entschied, dass ich den weiteren Abend entweder alleine zu Hause verbringen- oder den Fußball-Bullshit mit angemessener Psychohygiene betäuben müsse. Also rief ich Jörg an. Als Jörg in der neunten Klasse mit seinen Eltern nach Köln gezogen war, hatte er sich rasch zu der Art Jugendlichem entwickelt, der von seinen Mitschülern verehrt und von deren Eltern gefürchtet wurde. Während ich nach dem Abitur und zwei mehr oder weniger orientierungslosen Jahren angefangen hatte mein Business aufzubauen, war Jörg schon in der Oberstufe zum Chef eines mittelständischen Unternehmens mit Spezialisierung auf Tickets und illegale

Betäubungsmittel aufgestiegen. Auf Druck seiner Eltern hatte er nach der Schule ein Jurastudium begonnen und seine Firma verkleinert, sodass er jetzt eine Ich-AG darstellte. Sein Angebotsspektrum hatte er um juristische Beratungen erweitert, die ich gelegentlich in Anspruch nahm. „Hi Flo, was geht ab?" – „Hi Jörg. Ich bin gerade mit Philipp und Fetti bei Didi. Was machst du gerade?" – „Nicht viel. Zocken. Seid ihr noch lange da?" – „Joa, noch keinen genauen Plan. Komm vorbei. Kannst du ein paar Bonbons mitbringen?" Kurzes Schweigen am anderen Ende der Leitung. Wie fast jeder halbwegs intelligente Dealer, hatte auch Jörg, durch Zeitungs- und vor allem Internetartikel befeuert, mit der Zeit eine veritable Paranoia entwickelt, die unter anderem verlangte, dass man viel über Süßigkeiten sprach, wenn man miteinander kommunizierte: Bonbons für Ecstasy, Schokolade für Hasch, Brause anstelle von Koks oder Pep und Schlümpfe statt Viagra. Sollte die Polizei irgendwann die Gesprächsprotokolle auswerten wollen, so würde sie schlimmstenfalls auf einen skrupellosen Zuckerhändler und eine Reihe glukoseabhängiger Konsumenten stoßen – so jedenfalls Jörgs Gedankengang. „Jo, du hast Glück. Ich habe noch ein paar Werther's Echte da. Gib mir mal so ne halbe Stunde. Dann bin ich da." Neunzig Minuten, fünf große Bier und endlose Fußballdiskussionen später ließ sich Jörg auf einen der inzwischen freien Stühle fallen. Philipp und ich begrüßten ihn schwanzwedelnd, wie zwei treudoofe Labradore in Erwartung ihres Leckerlis. „Und?", fragte ich. „Jaja, immer mit der Ruhe. Lass erstmal was trinken." Paranoiaregel Nummer zwei: Lass nicht zu, dass deine Kunden, kurz nachdem sie dich getroffen haben, nacheinander auf die Toilette verschwinden. „Du bist eh noch drei Bier im Rückstand", sagte Fetti zu mir. Also zwang ich

8

mich dazu, ein weiteres Bier mit meinen Freunden zu trinken und Jörg nicht zu gierig anzuschauen, bevor ich endlich mit einem kleinen Tütchen in der Hosentasche auf die Toilette ging. Zwanzig Minuten später kam auch Philipp von der Toilette zurück und mein Herz zeigte die ersten, willkommenen Reaktionen auf das MDMA. „Habt ihr Lust, noch ne Runde ins Jive zu gehen?", fragte Philipp. „Ne, kein Bock. Lass mal lieber noch ein bisschen hierbleiben", entgegnete Fetti. „Ich bin heute auch raus. Muss morgen früh noch ins Seminar", meinte Jörg. „Aber wenn du willst, kann ich dir noch die Bonbontüte hierlassen. Ich kriege morgen neue." – „Joa, dann muss ich nur mal schauen, wo ich die verstaue, wenn wir noch ins Jive gehen", entgegnete ich. „Steck sie dir doch in den Arsch. Ich habe gehört, das soll sicher sein", stichelte Fetti. Zwei Jahre zuvor waren Fetti, Philipp, Jacks und ich nach Mallorca geflogen. Um den Urlaub voll auszukosten, hatten Philipp und ich uns von Jacks dazu überreden lassen, etwas Pep und Ecstasy mitzunehmen. „Das ist wirklich total sicher. Du packst das einfach ins Gummi und schiebst dir das in den Arsch. Das habe ich schon zigmal gemacht." – „Ich will aber weder etwas ziehen, was bei Philipp im Arsch war, noch in meinen Mund stecken. Außerdem, was ist, wenn das kaputtgeht?" – „Du kannst ja einfach zwei Gummis nehmen. Ich meine, wenn die sonst meinen Monsterschwanz in dem trockenen Arsch deiner Mutter aushalten, dann werden die ja wohl auch noch ein paar Gramm Pulver aushalten." Also spielten Philipp und ich darum, wer die Pillen (hart und kantig) und wer das Pep (geschmeidiger) in seinen Arsch schieben musste. Zu meinem Glück gewann ich. Als wir am Flughafen durch die Kontrolle liefen, schwitzten Philipp und ich wie zwei russische Stahlarbeiter am Hochofen. In Kombination mit unserem

9

leicht watschelnden Gang (die Gummis fühlten sich an wie feuchter Schiss) und unserer betonten Normalität hätte uns jede anständige Software direkt als Anfängerschmuggler ausgemacht. Zu meiner Überraschung passierten wir die Gepäckkontrolle ohne Probleme und warteten hinter der Schleuse auf Jacks, der etwas weiter hinten stand. Aus der Entfernung sahen wir mit Entsetzen, wie Jacks rausgeholt wurde und seinen Koffer öffnen musste. Die Beamten fingerten mit ihren Latexhandschuhen zielstrebig zwischen seinen Shorts herum und brachten ein Paar Tennissocken zum Vorschein, das sie entfalteten und ein kleines weißlich-gelbes Ding zum Vorschein brachten. Kalter Schweiß perlte mir auf der Stirn und ich überlegte kurz loszurennen. Aber der letzte Funke Verstand, der zu diesem Zeitpunkt noch in meinem Hirn war, riet mir, mangels Fluchtweges und der Masse an Zollbeamten, einfach stehen zu bleiben und meines Schicksals zu harren. Jacks kam, geleitet von zwei Beamten und mit gesenktem Blick zu uns, und ohne ein Wort zu wechseln, wurden wir in vier separate Verhörzimmer gebracht. „Reisen Sie zusammen mit Herrn Johannes Blume?" – „Ja." – „Was ist Ihr Reiseziel?" – „Mallorca." – „Palma de Mallorca?" – „Gibt es ein anderes?" – „Beantworten Sie die Fragen!" – „Ja, Palma de Mallorca." – „In welchem Verhältnis stehen Sie zu Herrn Blume?" – „Wir sind befreundet." – „Wussten Sie, dass Herr Blume versucht, Drogen nach Spanien zu schmuggeln." – „Ich… nein. Also, nein, das wusste ich nicht." – „Haben Sie ebenfalls versucht Drogen zu schmuggeln?" – „Nein." – „Dann nehme ich an, dass Sie kein Problem haben, sich einer Leibesvisitation zu unterziehen?! Aufgrund der Tatsache, dass Ihr Freund die Drogen in einem Präservativ aufbewahrt hat, müssen wir davon ausgehen, dass er ursprünglich vorgehabt hat, sie sich anal einzuführen." – „Was?" – „Ob Sie

10

mit einer Leibesvisitation einverstanden sind?" – „Muss ich? Ich meine, habe ich nicht das Recht, einen Anwalt hinzuzuziehen oder so?" – „Soll ich zu Protokoll nehmen, dass der Verdächtige die Leibesvisitation verweigert? In dem Fall werden wir Sie aufgrund des akuten Verdachts in Gewahrsam nehmen müssen." Ich stand kurz vor dem Heulen. Ich hatte gerade erst einen Film gesehen, in dem die Amis einen Schmuggler, der die Untersuchung verweigert hatte, in einem Hotelzimmer festgesetzt hatten und warteten, bis er das Dope ausschiss. Am Ende hatte er nach Tagen im Bett seine eigene Scheiße gefressen. Ich schüttelte mich, hoffte, dass sich das Kondom vielleicht irgendwie meinen Darm hochgearbeitet hatte, nahm all meinen Mut zusammen und antwortete tapfer: „Nein, das ist schon in Ordnung." – „Gut. Es werden gleich zwei Beamte zu Ihnen kommen. Ich weise Sie darauf hin, dass Sie das Recht haben, die Untersuchung von einem gleichgeschlechtlichen Beamten, in Ihrem Falle also von einem Mann, durchführen zu lassen. Möchten Sie von diesem Recht Gebrauch machen?" Gleichgeschlechtlicher Partner? Recht? Ich meine… kommt schon. Was ist das denn für ein beschissenes „Recht"? Im Falle einer Frau – ok. Aber als Kerl? „Sind Sie einverstanden damit, dass meine junge, scharfe Kollegin Ihnen einen Prostatamassage gibt?" – „Nein, ich bestehe auf meinem Recht! Geben Sie mir bitte den glatzköpfigen Halbaffen mit den Wurstfingern. Und schieben Sie ruhig die ganze Hand rein. Das finde ich in Ordnung, solange es von einem Mann gemacht wird." Also bitte… „Also?" – „Äh, nein, schon in Ordnung. Ist mir egal." – „Dann legen Sie bitte die Kleidung ab, inklusive der Unterwäsche. Meine Kollegen sind sofort bei Ihnen." Zwei Stoßgebete später öffnete sich die Tür und Toto und Harry, nur unfreundlicher, größer und fetter betraten den

11

Raum. „Herr Waldorf? Bitte stützen Sie sich mit den Händen auf der Liege ab und spreizen Sie die Beine." – „Ja… aber…", stammelte ich, „also, ich habe ja gar nicht auf meinem Recht bestanden, also mit der gleichgeschlechtlichen Behandlung. Ich bin auch mit einer Frau einverstanden." Genervte Blicke verschmolzen mit jahrelang antrainiertem Zynismus: „Sie haben ein Recht auf gleichgeschlechtliche Behandlung. Nicht auf gegengeschlechtliche. Und falls Sie sich dann besser fühlen: Es ist auch für uns nicht der tollste Teil des Jobs, in den Därmen von irgendwelchen Kerlen nach Rauschgift zu suchen. Und weil Sie noch Jungfrau sind, werden wir auch ganz behutsam sein." Mit einer Träne im Augenwinkel wandte ich mich um. Er könnte alles von mir haben: Meine Drogen, meine Scham, meine Jungfräulichkeit. Aber ich würde nicht weinen. Er würde nicht meinen Stolz kriegen. Ich bückte mich und bot ihm meinen blanken Arsch an. Ich spürte, wie er nähertrat. Dann packte er meinen Arsch und zog die Backen auseinander. Ich ging leicht in die Knie. „Nicht bewegen!" Ich tat wie geheißen und ließ ihn mein Arschloch begutachten. Dann löste sich der Griff und ich hörte das furzende Geräusch einer Tube, die ausgequetscht wird. Anschließend spürte ich seinen nasskalten Finger an meinem Arsch, den er ohne Ansatz reinschob. Ich krampfte und rang um Luft. „Entspannen!" Er fingerte mir im Arsch rum. Dann wandte er sich zu seinem Kollegen und sagte: „Ich habe da einen Fremdkörper. Der ist allerdings ziemlich tief. Gib mir mal die Zange und den Spreizer." In diesem Moment wurde mir schwarz vor Augen und ich hoffte inständig auf eine barmherzige Ohnmacht. Aber das Adrenalin hielt mich bei Bewusstsein, und so musste ich miterleben, wie die Perversen a) meinen Arsch mit einer Muschizange weiteten, b) eine weitere Zange in meinen Darm schoben und c) versuchten den

12

„Fremdkörper" aus mir herauszuziehen. Dabei stellte sich der vermeintliche Vorteil des Peps gegenüber den Pillen schnell als Trugschluss heraus, denn je stärker die Beamten am unteren Ende des äußeren Gummis zogen, desto weiter hoch rutschte das innere Kondom, mit dem Pep, wo es eine perfekte Kugel mit maximalem Durchmesser bildete. Als ich zitternd und breitbeinig wieder aus dem Raum heraustrat, warteten Fetti, Philipp und Jacks bereits. Sie hatten Tränen in den Augen und sahen mitgenommen aus, aber ihr entsetzter Blick auf mich ließ mich fast erschrecken. Ich fühlte mich, als hätten mich zwanzig schwarze Riesenschwänze in einem riesigen Gangbang nacheinander und gleichzeitig gefickt. Meine Haare waren schweißnass angeklebt auf meinem Kopf und ich war mir nicht sicher, ob ich einen Dammbruch erlitten hatte oder nicht. „Wieso hattest du das verfickte Kondom in deiner Tasche?", fragte ich Jacks. „Ja, sorry, es tut mir wirklich Leid. Wirklich! Ich konnte nicht, irgendwie. Es ging nicht." –„Was heißt: ‚Es ging nicht'? Ich dachte du hast das schon zigmal gemacht!" – „Ja, also, ich meinte…" – „Fick dich!" Es war das vorletzte Mal, dass ich Jacks gesehen hatte. Beim letzten Mal verkündete der Richter das Urteil: Fünf Jahre Ausreiseverbot, 20 000 Euro Strafe, 120 Stunden gemeinnützige Arbeit sowie 1,5 Jahre auf Bewährung. Allein Fetti, der keine Drogen konsumierte und sich selbstverständlich geweigert hatte, welche für uns zu schmuggeln, erhielt einen Freispruch.

Das Jive

Das Jive war einer der wenigen Läden, die so etwas wie eine Tradition für sich beanspruchen konnten. In den 60er Jahren als Café für Studenten gegründet, hatte es sich zu einer Disco für die feierwütige Jugend entwickelt. Die unschlagbaren Argumente, die das Jive vorweisen konnte: Kein Eintritt, keine Kleiderordnung, billige Drinks und viele dunkle Ecken. So trafen sich hier Studenten und junge Leute, die tatsächlich arbeiteten. Die geschniegelten, blondierten Arbeitertöchterchen aus den Vororten und der gelackte Teil der Juristen und BWLer, die sich für etwas Besseres hielten, bevorzugten hingegen einen der Läden auf den Ringen, wo der Eintritt 30 Euro kostete und die Anzug tragenden Türsteher die Bevölkerung in „akzeptabel" und „verpiss Dich" einteilten, was in etwa gleichbedeutend war mit „Zeigt Titten und lässt die Idioten zahlen" und „Idiot, der zahlen könnte aber schon zu besoffen ist, um dem Tittenmädchen ihren Aperol-Spritz auszugeben". Die Heruntergekommenheit des Inventars und des Personals ließen das Jive in den letzten Jahren leider zunehmend „szenisch" werden, sodass sich in das übliche, entspannte Publikum zunehmend Ökofotzen und Vollbartträger mischten, die keine Gelegenheit ausließen, ihren Mitmenschen mitzuteilen, dass das Jive ja „eigentlich als Café zum politischen Austausch gegründet worden ist und es echt schade ist, dass dieser wichtige Kern jetzt zugunsten des Profits aufgegeben wurde". So etwas gaben sie in der Regel von sich, bevor sie dann zur Bar gingen und sich einen fair gehandelten Latte Macchiato für 3,90 Euro bestellten (das Kölsch lag bei 1,20). War das Jive schon unter der Woche gut besucht, so konnte man am Samstag kaum einen Fuß an den klebrigen Boden kriegen. Zu meiner großen Erleichterung waren verhältnismäßig wenige Trikotträger unter den Gästen. Wir gaben unsere Jacken ab, schoben uns an der Bar vorbei ins hintere, rechte Eck des Ladens, das strategisch günstig zwischen Tanzfläche, Theke und Toilette lag und ließen unsere Blicke über das Angebot schweifen. Die Frauenquote lag bei ungefähr 40 Prozent – nicht schlecht - und das langsam kickende E ließ Philipp und mich unruhig auf den Füßen wippen. Als ich 10 Songs später von der Tanzfläche zurückkam, stand Fetti in einer Traube von fünf recht ansehnlichen Mädels Anfang zwanzig. Ich ging zur Bar, bestellte acht Mexikaner und kehrte mit meinem Tablett zurück. Nachdem ich den perfekten Kompromiss zwischen Attraktivität und Machbarkeit ausgewählt und mich zwischen sie und ihre Freundin gestellt hatte, reichte ich die Pinnchen rum und wir stießen an. Der Tabasco brannte scharf in meiner trockenen Kehle. Über den Lärm der Anlage hinweg versuchte ich mit Miss Machbarkeit ins Gespräch zu kommen, was durch das Synapsenfeuerwerk in meinem Kopf erschwert wurde. „Du hast echt superschöne Haare." – Lachen. „Danke." Immerhin konnte sie nicht ganz abgeneigt sein, wenn sie auf so einen Schwachsinn einging. „Ich bin Flo. Wie heißt Du?" – „Steffi." Betty, Jenny, Steffi – in letzter Zeit gab es eindeutig zu viele Frauen mit Doppelkonsonant in meinem Leben. „Wieso heißt Du nicht Tanja?" – „Hä?" Haare…? Namen…? Lass Dir ein vernünftiges Gesprächsthema einfallen, du Idiot! Unter ihrer Bluse sah ich einen schwarzgelben Kragen hervorblitzen. „Wo habt ihr das Spiel gesehen?" – „Oh, wir waren bei Lena zu Hause. Wir wollten das Spiel in Ruhe schauen. Bist du Dortmund-Fan?" – „Ja, auf jeden Fall! Also, ich meine…, Ey, hast du Ribery gesehen? Der hätte doch schon wieder runterfliegen müssen! Jedes Mal!" Ich ersparte Steffi den Teil mit der Pädophilie. In den nächsten zwei Minuten tauschten wir Fußball-Bollocks aus, die ich über den Abend aufgeschnappt hatte. Dann versuchte ich das Gespräch auf sichereres Terrain zu lenken. Also unterhielten wir uns über Handys, wobei ich meinen Blick nicht von ihrem wunderschönen Haar abwenden konnte und mich mehrmals zusammenreißen musste, es nicht einfach zu streicheln… verficktes Ecstasy! „Verdienst du denn viel Geld damit?", fragte Steffi. „Ja. Also ich bin gerade dabei, was Neues zu entwickeln. Da arbeite ich mit Apple zusammen," log ich. „Aber ich hatte früher so eine Software, die war echt super und da kriege ich Geld für die Lizenzen." – Immerhin nur halb gelogen. „Und dann? Ich meine gibt es die Software noch?" – „Ja klar. Kennst du Snake?" – „Was?" – „Snake. Das Spiel. Fürs Handy." – „Ach, sowas wie Candy Crush?!" Fucking Hell. „Ja genau." – „Und das hast du entwickelt?" – „Ja, also nicht genau das Spiel, aber so ähnlich. Aber meins war besser." – „Und was ist dann passiert?" – „Steve Jobs." – „Der Applechef? Mit dem hast du zusammengearbeitet?" – „Nein. Aber mein Spiel lief halt nicht auf dem iPhone, und ich kriege immer dann Geld, wenn es jemand runterlädt."

Ich wache auf. Mein Kopf ist benommen. Mein Mund ist trocken. Mit etwas Mühe öffne ich meine Augen und blicke mich um. Auf dem Boden liegt eine McDonalds Tüte, daneben Burgerschachteln und Servietten. Ein paar Pommes sind auf dem Parkett verteilt. Der Stuhl in der Ecke verschwindet unter einem Berg von Klamotten und, ist das der Duschvorhang? Die Fensterbank ziert ein zugeknotetes Kondom. Mein gerahmtes Public Enemy Plakat (original, geklaut vom Konzert) ist heruntergefallen. Die Glasscheibe ist zerbrochen. Insgesamt ist die Wohnung – Stand jetzt – also in einem annehmbaren Zustand für einen Sonntagmorgen. Eine kurzes Seufzen links von mir lässt mich meinen Kopf wenden und ich betrachte meine gestrige Beute. Zuerst fällt mir ihr struppiges Haar auf. Ansonsten bin ich aber einigermaßen zufrieden mit meinem Ecstasy-Ich von letzter Nacht. Ich stehe leise auf, schnappe mir Hose und, tatsächlich, Duschvorhang und gehe ins Bad. Ich überlege kurz, den Vorhang wieder aufzuhängen, verschiebe das Vorhaben aber unter Berücksichtigung einer aufkeimenden Übelkeit auf einen späteren Zeitpunkt und setze mich in die Wanne. Nach der Dusche nehme ich meine Hose und fische den kleinen Zettel aus der Gesäßtasche. Vor einiger Zeit hatte ich mir angewöhnt, abends den Namen meiner Eroberungen aufzuschreiben, um mir die Peinlichkeit von Dialogen wie „Rufst du mich an?" – „Klar, gerne. Wie ist noch mal deine Nummer? Und wie heißt du nochmal?" zu ersparen. Zudem hatte die Erfahrung gezeigt, dass Frauen wesentlich eher für einen Morgenquickie zu haben waren, wenn man sich ihren Namen merkte. Ich lese also den Namen – Tanja – und überlege, ob ich es noch darauf anlegen soll oder sie direkt aus meiner Wohnung hinauskomplimentiere. Im letzteren Falle wäre es natürlich egal, ob ich ihren Namen kenne oder nicht, aber ich will auch nicht unhöflich sein. Und außerdem kann man nie genau wissen, wer wen wie kennt. Auch in einer vermeintlichen Großstadt wie Köln nicht. Meine latenten

Kopfschmerzen und ihre zauseligen Haare überzeugen mich schließlich von den Vorzügen eines einsamen Katersonntags auf der Couch. Als ich ins Schlafzimmer zurückkomme, ist sie wach und spielt an ihrem Handy rum. „Guten Morgen", sage ich, „hast du gut geschlafen?" – „Oh, guten Morgen Herr Chefentwickler. Ja, danke. Ich bin etwas verkatert." – „Ja, ich auch. War ein guter Abend gestern!", stelle ich selbstbewusst fest, bar jeglicher belastbaren Erinnerung. „Willst du noch duschen?" – „Ich dachte, du kommst nochmal ins Bett?!" – „Ja, eigentlich gerne. Aber ich muss unbedingt arbeiten. Ich habe in einer Stunde noch ein wichtiges Meeting." – „Am Sonntag?", fragt sie misstrauisch. „Ja, also weißt du, ich arbeite viel mit Japan zusammen und die arbeiten da auch sonntags." – „In Japan ist es jetzt kurz vor acht." *What the fuck?* „Ja, ich weiß. Aber die sind da echt auch immer superfrüh im Büro und ich habe denen schon gesagt, dass wir frühestens um acht telefonieren können." – „In Japan ist es jetzt kurz vor acht, am Abend! Wieso sagst du mir nicht einfach, dass du keinen Bock auf mich hast?" – „Hey, Tanja pass auf…" – „Ich heiße Stefanie, du Arschloch!" Da will man mal höflich sein und wie wird es einem gedankt? Ich meine, ich hatte mich doch immerhin bemüht! Ich kann doch nichts dafür, dass die Alte Japanologie studiert hat und über Nacht ihren Namen ändert. „Pass auf, mach einfach was du willst. Ich bin jetzt weg. Und komm bloß nicht auf die Idee, mich nochmal anzurufen!" Mit diesen Worten schwang Tanja, a.k.a. Stefanie, sich aus dem Bett, riss ihre Klamotten vom Stuhl und stürmte aus meinem Schlafzimmer. Der Anblick ihrer hüpfenden Möpse törnte mich etwas an und ich wägte kurz meine Chancen ab, vielleicht doch noch einen Quickie abzukriegen. „Glotz mich nicht so an! Verpiss dich und hol dir einen runter!" Meine Quoten waren wohl überschaubar.

18

Abgesehen davon gefiel mir Stefanies Vorschlag auch nicht so schlecht. Immerhin war es den Bildschirmdamen egal, ob man sie nun Stefanie, Tanja oder Betty nannte.

Klarkommen

Nachdem Stefanie meine Wohnung türknallend verlassen hatte, ließ ich mich auf das Sofa fallen, schaltete den Fernseher ein und zündete einen meiner vorgedrehten Joints an, um die durch den Serotoninmangel aufkeimende Melancholie (einer der wenigen unangenehmen Effekte des Ecstasykonsums) einzudämmen. Am Nachmittag versuchte ich die Spuren der letzten Nacht im Schlafzimmer zu beseitigen, trank einen Gin-Tonic und schlief gegen 19.00 Uhr ein. Für die nächsten zwei Wochen hatte ich mir auf Anraten von Jörg vorgenommen, mir Gedanken über meine finanzielle Zukunft zu machen. Offensichtlich war ein stetig geringer werdendes Einkommen aus Spiellizenzen nicht mit einem monatlichen Wohnungskredit von 1500 Euro und einem Drogenkonsum zwischen 100 und 150 Euro pro Woche zu vereinbaren. Aus Frustration und Selbstmitleid rauchte ich stattdessen kurz nach dem Aufstehen den ersten Joint und zockte das neue *Resident Evil* durch. Am darauffolgenden Samstag, ich hatte mir gerade eine Pizza kommen lassen und spülte die Krümel der Kruste mit einem Schluck Whiskey-Cola runter, stand Philipp bei mir in der Tür, sah mich angewidert an und sagte, ich müsse dringend mal wieder klarkommen. Das bedeutete in der Regel einen versoffenen Abend mit ein paar Amphetaminen, bei denen der Klarzukommende sein Herz auszuschütten hatte und am Ende des Abends aus lauter Dankbarkeit seinen Freunden, die ihn aus diesem Tal der Tränen befreit hatten, die Rechnung zahlen musste. Da ich nichts Besseres zu tun hatte, willigte ich ein.

Um 20.00 Uhr standen Philipp, Jörg und Fetti bei mir auf der Matte, bewaffnet mit zwei Rewetüten. Jörg hatte „extra für diesen Abend" sein „gutes" (90 Euro pro Gramm) Kokain mitgebracht. Nachdem ich meine 10 Euro Line weggerotzt hatte, fühlte ich mich tatsächlich deutlich frischer. Zudem ließ mich der Laberflash die von meinen Freunden erwartete Litanei von Schuldbekenntnissen und guten Vorsätzen runterleiern. „Das ist ganz einfach Mann," meinte Jörg, „entweder, du ziehst endlich aus dieser Bude aus und suchst dir ein nettes WG-Zimmer, oder du machst halt das Partyzimmer leer und lässt da jemanden einziehen." „Kinderzimmer!", korrigierte Philipp, die Stimme meiner Mutter imitierend. „Ja, ich weiß. Aber ich habe mich so daran gewöhnt allein zu wohnen. Und außerdem muss ich hier ja auch arbeiten. Was ist, wenn der Mitbewohner dann die ganze Zeit hier Party machen will?" – „Wann hast du denn zuletzt gearbeitet?", wandte Philipp ein. „Und außerdem musst du ja keinen Kerl nehmen. Nimm doch ein Mädel. Eine Asiatin. Die sind superordentlich und leise. Ey, vielleicht kann die dir sogar noch beim Programmieren helfen." – „Und hat dicke Titten!" schlug Fetti vor. Wir lachten, schwiegen kurz, um diesen pubertär-rassistischen Traum in unseren zugeballerten Köpfen angemessen auszugestalten und lachten anschließend umso lauter los, als wir uns gegenseitig in unseren Pornophantasien ertappten. „Wie lange kommst du mit Deiner Kohle denn noch hin?", fragte Fetti. „Das kommt so ein bisschen darauf an, wie viele Lizenzen ich noch verkaufe. Also im Moment bin ich so ungefähr bei minus 1500 im Monat, wenn ich die Wohnung und meine normalen Ausgaben einrechne. Das heißt, ich werde noch so ein halbes

Jahr hinkommen." – „Sofern du genauso viele Lizenzen verkaufst wie jetzt!", ergänzte Jörg. Meine Freunde schauten mich mitleidig an. „Ach, scheiß drauf! Irgendwas wird sich schon ergeben. Schlimmstenfalls besorg ich es Fettis Mutter für nen Tausender im Monat", versuchte ich die Stimmung aufzulockern. „Pff... als ob du für deinen kleinen, stinkenden Schwanz auch nur einen Euro kriegen würdest! Versuch's mal bei Philipps Vater. Sein Arsch soll ja inzwischen schön geweitet sein, habe ich gehört!", konterte mein Freund. „Leck mich!", erwiderte Philipp. Das Niveau unserer Gespräche nahm innerhalb der nächsten drei Stunden proportional mit der konsumierten Menge an Kokain und Alkohol ab. Schließlich schlug Jörg vor: „Was haltet ihr davon, wenn wir in diesen neuen Laden in Ehrenfeld gehen, das Crystal Palace? Kostet zwar etwas Eintritt, aber da läuft heute Abend Elektro und Dubstep. Das soll sehr geil sein." – „Ich bin bei allem dabei", verkündete Philipp. Aufgeputscht wie wir waren, würden wir für die nächsten zehn Stunden ohnehin kein Auge zumachen. „Alles klar. In dem Fall habe ich noch eine kleine Überraschung für Euch", grinste Jörg und zauberte ein kleines Zip-Lock Tütchen aus seinem Rucksack hervor. Durch die Folie konnte man braune Klümpchen erkennen, die an Beef Jerky erinnerten, oder an Kacke. „Hawaiianische Glücksboten! Habe ich heute Morgen erst von meinem Kollegen gekriegt." – „Pilze", fragte ich? „Jap!" – „Und wie wirken die so?" – „Eigentlich so ähnlich wie Acid, nur mit ein bisschen mehr Überraschungseffekten", klärte Jörg mich auf. „Und wieviel muss man davon nehmen?", fragte ich, obwohl mir trotz aller Bedenken klar war, was passieren würde. Ich hatte in den letzten drei Stunden vier Nasen Koks gezogen,

22

fünf Flaschen Bier sowie zwei Whiskey-Cola getrunken und war in Gesellschaft von drei Kerlen, von denen zwei geübte Drogenkonsumenten waren und die sich auf die Fahnen geschrieben hatten, mich heute Abend vor mir selbst zu retten. Würde ich also heute Abend Hawaiianische Glückboten konsumieren? Ja, das war definitiv das, was passieren würde. Mit dieser Gewissheit ergab ich mich meinem Schicksal und ließ mir von Jörg eine angemessene Einsteigerdosis, sowie ein kleines Tütchen mit Kokain „für den Notfall" geben, das ich mir ins Portemonnaie steckte. Kurz bevor wir aufbrachen, aßen Philipp, Jörg und ich gemeinsam die Pilze, die in etwa so schmeckten, wie man sich vertrocknete Pilze vorstellte: Muffig, trocken und knirschend. Nach einer halben Stunde Bahnfahrt stiegen wir an der Venloer Straße aus, stellten uns in der Schlange der Feierwütigen an und waren keine 15 Minuten später im Crystal Palace. Ungefähr zeitgleich entfalteten die Hawaiianer ihre Wirkung.

Es – war – verfickt – beschissen – mega – großartig! Der DJ spielte einen dumpfen Bass und das Publikum, ja, der ganze Laden schien in diesem leicht wabernden Rhythmus aufzugehen. Die Leute bewegten sich nicht im Takt der Musik, sie waren der Takt! Wie die Lautstärkeanzeige einer Stereoanlage wogten sie dahin, die sanften, dunklen Töne aufnehmend und durch perfekte Bewegungen in Energie wiedergebend. Die bunten Farben der Beleuchtung verwandelten die gesamte Szenerie in eine Märchenwelt, die kein Tolkien, keine Rowling, kein Walter Moers sich je hätten erträumen können. Mit einem Mal verwandelten die Nebelmaschinen die Tanzfläche in einen Himmel und die

Glückseligen tanzten und hüpften über die Wolken. Weich wirkte alles. Weich die Konturen der Bar, weich das Lächeln der Mädels, die ihre weichen Körper in dem weichen Elysium wiegten. Ich schloss die Augen, verlor mich vollkommen in dem Beat und in der Schönheit der Welt und betete, dass dieser Zustand nie, nie, nie aufhören möge.

Wir standen wieder draußen. Die schwarze Kellertür des Clubs, diese himmlische Pforte zur Glückseligkeit, war verschlossen. Ein paar Gestalten torkelten allein oder eng umschlungen an uns vorbei und die Sonne ging langsam auf. Wobei das nicht ganz zutraf, denn in Ehrenfeld ging die Sonne gemeinhin nicht auf, es wurde einfach nur hell. So standen wir da vor dem geschlossenen Club, ohne dass ich sagen konnte, warum, und rauchten. Plötzlich hörte ich von hinter mir laute Geräusche. Gerade als ich mich umdrehte, in der Sehnsucht, noch ein letztes Mal die perfekte Harmonie aus Musik und Bewegung zu sehen, traf mich ein zerschmetternder Schlag auf der rechten Schläfe. Die Welt kippte um, fing mich auf und legte sich dann schlafen. Ich wunderte mich kurz, weil es ja gerade erst hell geworden war und die Welt ja schließlich noch nicht ihr Tagewerk verrichtet hatte, aber andererseits – wer war ich schon, der Welt vorzuschreiben, wann sie das Licht auszuschalten hatte.

Als das Licht langsam wieder anging, standen Philipp und Fetti über mir. Sie redeten in einer Sprache auf mich ein, die ich nicht verstand, aber das war mir egal. Ich fühlte mich prächtig und freute mich einfach darüber, meine Freunde zu sehen. Auch das Pulsieren der Discobeleuchtung war wieder auf ihren Gesichtern zu erkennen. Blauer Glanz, der sich über die Wände der Häuser ausbreitete. Die Welt kippte erneut, als ich aufgerichtet wurde. Die Quelle des Lichts waren nicht die erhofften Scheinwerfer, sondern ein Streifenwagen. Jörg war nirgends zu sehen. Paranoiaregel Nummer drei: Verschwinde, bevor die Polizei auftaucht! Ich fragte mich gerade noch, warum ich wohl auf dem Boden gelegen hatte, als ich Sie plötzlich sah. Sie, die Sehnsucht meiner einsamen Träume, die Mutter meiner zukünftigen Kinder, die Fleisch gewordene Phantasie aller pubertierenden Selbstbefummler. In schwarzer Uniform entstieg sie elfengleich ihrem Dienstwagen. Der enganliegende Gürtel mit den Handschellen betonte ihren üppigen Körper und brachte die vollen Brüste optimal zur Geltung. Im Aussteigen schob sie eine ihrer blonden Strähnen unter ihre Dienstmütze und setzte ihre Sonnenbrille auf. Ich konnte mein Glück kaum fassen, als sie mit eleganten Schritten auf mich zukam und kurz vor mir stehen blieb. Mein Hirn jauchzte vor Freude (oder hatte ich das gerade getan?) und ich musste mich beherrschen, meine Angebetete nicht an mich zu reißen. „Be…, Betty?!", stammelte ich sabbernd. „Bitte?", säuselte mir ihre Engelsstimme entgegen. „Wir, wir haben telefoniert. Die Uniform… anal… du… Telefon…" Zu meinem großen Glück war das, was ich von mir gab, offensichtlich absolut unverständlich. Sie lächelte. „Können Sie sich ausweisen?" – „Ich bin`s! Flo! Florider666!", antwortete ich. „Das freut mich Florider, aber können sie sich vielleicht irgendwie ausweisen?" – „Florian Waldorf", sprang Fetti ein. „Ich glaube, er ist noch ein bisschen benommen. Der Schlag war ganz schön heftig." Was bildete der Typ sich ein, mit meiner Braut zu sprechen? Und was zum Teufel faselte

der da von einem Schlag? „Flo, wo ist dein Portemonnaie?",
fragte er, an mich gewandt. „Lass Betty in Ruhe!", stellte ich
klar. Wenn er sie haben wollte, würde er um sie kämpfen
müssen. Und ich würde ihn vernichten. „Was?", fragte er
dumm. „Du hast schon verstanden! Wenn Du sie haben willst,
vernichte ich Dich!", entgegnete ich stolz. An Bettys Lächeln
erkannte ich, dass sie mich wollte und nicht dieses
erbärmliche Würmchen. „Herr Waldorf, alles ist gut. Wir sind
hier, um Ihnen zu helfen. Man hat Sie geschlagen, und ich
würde gerne Ihre Personalien aufnehmen. Haben Sie Ihren
Ausweis dabei? Im Portemonnaie?", fragte Betty. Ich
verstand nicht ganz, warum alle von einem Schlag redeten,
aber ich griff in meine Tasche, fischte meine Brieftasche
heraus und reichte sie Betty. „Ich kontrolliere das ganz kurz.
Ich bin sofort zurück", ließ Betty mich wissen und wandte sich
zum Auto. „Bitte, komm zurück! Ich… ich liebe dich!", rief
ich verzweifelt. „Jetzt halt endlich deine Fresse!", zischte Fetti
in mein Ohr, „Hör mir zu! Du bist voll auf Droge und hast
gerade einen auf die Fresse gekriegt. Ich erzähle denen, dass
du einfach noch K.O. bist. Aber du musst ruhig sein." Ich
verstand kein Wort und schaute Fetti böse an. Fetti hielt dem
Blick stand. Dann seufzte er und sagte: „Kaulquappe." –
Safewords werden gemeinhin mit extremen sexuellen
Praktiken in Verbindung gebracht, bei denen ein Part, in der
Regel der devote, eine schmerzhafte oder
gesundheitsgefährdende Handlung an seinem Körper lustvoll
erduldet. Sie kommen dann zum Einsatz, wenn die Person die
Schmerzen nicht mehr ertragen kann oder sich extrem unwohl
fühlt. Damit nicht zufällig ausgestoßene Lustschreie oder
Wörter als Safewords missverstanden werden, werden in der

Regel ausgefallene Begriffe gewählt. Langjähriger Konsum von halluzinogenen Drogen und Amphetaminen sowie die unheilvolle Zusammenkunft von drei oder mehr Kerlen kann ebendiese Freundesgruppe zu einer Tortur werden lassen, gegenüber der jede BDSM-Session wie ein Besuch im Bällebad erscheint. Folgerichtig ist es auch für entsprechende Männergruppen praktisch unentbehrlich, sich auf einen Code zu verständigen, der jegliche Handlungen, insbesondere Worte, sofort unterbricht. Dieser Code ist absolut unantastbar, sozusagen der Heilige Gral der Gruppe, welcher sie von dem Rest der Welt trennt und zu einer eingeschworenen Gemeinschaft macht. Ein Missbrauch dieses Codes wäre gleichbedeutend mit der sofortigen Auslöschung der Welt. Unser Codewort war: Kaulquappe. Obwohl ich in diesem Moment überhaupt keine Ahnung hatte, wovon Fetti redete und was überhaupt in den letzten zehn bis 360 Minuten passiert war, brannte sich dieses Wort durch bis in den Teil meines Gehirns, wo der geheime Code gelagert war. Hier wurde er auf Korrektheit geprüft, bestätigt und ich hielt fortan meine Klappe. Kurz darauf kam Betty zurück und reichte mir meine Börse mit den Worten: „Alles in Ordnung. Schlafen Sie sich am besten erst einmal aus und kommen dann zur Aussage auf die Wache. Passt es gegen 15.00 Uhr? Dann kann ich Sie noch empfangen." Ich wäre am liebsten mit in ihren Wagen gestiegen, um mit ihr in den Sonnenaufgang zu fahren, aber ich wusste jetzt, dass ich sie wiedersehen würde und antwortete kurz und nüchtern: „Ich liebe dich!"

Als ich aufwachte war es dunkel. Ich konnte weder sagen, wie spät es war, noch wo ich mich befand. Mein Bett war es jedenfalls nicht, soviel war sicher. Mein gesamter Körper fühlte sich an wie ein einziger großer Krampf und meine trockene Zunge klebte in meinem Mund fest. Beim Versuch mich aufzurichten, durchzuckte mich ein stechender Schmerz, der seinen Höhepunkt in einem qualvollen Pulsieren in meinem Kopf fand. Ich sank zurück und fasste mir an die Stirn. Meine Finger tasteten über mein Gesicht, das sich dumpf anfühlte. Auf der rechten Seite meines Gesichtes fühlte ich eine vertrocknete Kruste. Ich ließ meine Finger über den harten Boden wandern und spürte die feinen Rillen des Parketts. Offenbar war ich immerhin in meiner Wohnung. Ich versuchte mich zu erinnern, was geschehen war: Die Jungs waren bei mir gewesen. Wir hatten einige Biere getrunken und Koks gezogen. Viel Koks. Die Erinnerungen danach wurden brüchig, wie Szenen aus einem Film, den man irgendwann einmal gesehen hatte. Der Crystal Palace. Philipp mit freiem Oberkörper auf der Tanzfläche, schreiend. Jörg und ich mit irgendeinem Mädel auf dem Klo, gebeugt über einen Berg von Kokain. Unter einem ultimativen Kraftaufwand zwang ich meine Arme, mich in eine aufrechte Position zu stützen und wenn es nicht dunkel gewesen wäre, wäre spätestens jetzt die Welt um mich herum schwarz geworden. Mein Kopf rauschte. Ich brauchte dringend Wasser. Nach fünf Minuten versuchte ich aufzustehen. Ein lächerliches Vorhaben. Die Schwerkraft prügelte meinen erschöpften Körper wieder zurück auf den Boden, wo er hingehörte. Beim zweiten Versuch schaffte ich es immerhin in die Hündchenstellung. Würdelos tastete ich mich auf allen Vieren vorwärts, bis ich den Türrahmen spürte. Ich zog mich am Rahmen hoch und schaltete das Licht ein. Der gleißende Schein der Energiesparlampen ließ mich meine Augen zusammenkneifen. Als ich sie langsam wieder öffnete, versuchten meine Augen das Sofa zu fixieren, aber es schien, als verweigerten meine Sinne ihren Dienst. Das Sofa verschwamm vor meinen Augen, um anschließend wieder deutlich erkennbar zu sein. Auf dem Boden, da wo ich gelegen hatte, war ein kleiner Blutfleck zu erkennen. Ich fasste mir erneut an die Schläfe und bröckelte etwas geronnenes Blut ab. Eine Hand an der Wand, stolperte ich ins Badezimmer und betrachtete mich im Spiegel. Mein Gesicht war aufgedunsen, die Lippen trocken und eingerissen, das rechte Auge angeschwollen und auf der Stirn war eine fette Schürfwunde zu erkennen. Die Kleidung, die ich trug, war dieselbe wie am Abend davor, nur, dass ich sie zwischenzeitlich offensichtlich an einen Crackjunkie verliehen hatte, der in ihr einen Gangbang in einem Abwasserrohr veranstaltet hatte und sich anschließend in einem Haufen Scheiße gewälzt hatte. Immerhin waren mein Portemonnaie und mein Handy in den Taschen. Die digitalen Ziffern des Radios zeigten 21.17 Uhr an. Ich hockte mich aufs Klo, steckte das Ladekabel ins Handy und schaltete es ein. Fetti hatte ein paar Mal angerufen. Ich wischte die Nachrichten beiseite und meinen Arsch ab. Dann zog ich angewidert die Klamotten aus und stopfte sie in den kleinen Mülleimer. Anschließend ging ich unter die Dusche. Ich fror, egal, wie heiß ich das Wasser aufdrehte. Nach der Dusche fühlte ich mich immerhin etwas besser, zog eine frische Jeans und einen dicken Pullover an und legte mich mit einer 5-Minuten Terrine auf die Couch. Nach einem Liter Wasser und einer halben Folge Crocodile Hunter schlief ich ein.

Uschi

Am Nachmittag versuchte ich Fetti zu erreichen, in der Hoffnung, er könne zumindest Teile meiner Erinnerungslücken füllen. Man mag über Menschen, die keine Drogen konsumieren, sagen was man will, aber sie sind mitunter ungemein hilfreich, wenn es um derartige Dinge geht. Weil Fettis Handy abgeschaltet war und ich nur die Mailbox erreichte, versuchte ich es auf dem Festnetztelefon, ein Anachronismus, den sich Fetti und seine Mitbewohner teilten – mit Wählscheibe! Ich überlegte gerade, welcher Wochentag wohl sein mochte und ob Fetti vielleicht in der Uni war, als Luciana abhob: „Pronto? Luciana Pavrotti.", sang mir ihre Stimme entgegen. Luciana war als Erasmusstudentin vor einem halben Jahr zur Zwischenmiete in die Vierer-WG von Fetti, und seinen Mitbewohnern Claas, Stefan und Maria eingezogen. Maria war damals für ein Praxissemester nach Estland gegangen und hatte in Kenntnis von Fettis und Stefans „Ordnung" darauf bestanden, dass ihr Zimmer an ein Mädel vergeben wurde. Fetti und Stefan waren zunächst dagegen gewesen, hatten ihre Vorurteile, zusammen mit ihrer Würde und ihrer gepflegten Schludrigkeit im Haushalt allerdings schneller über Bord geworfen als ein Seemann vergammelten Fisch, als Luciana zur WG-Besichtigung im Flur stand. Luciana kombinierte italienische Exotik, die sie gekonnt einzusetzen verstand, mit einem großen Maß an Schlagfertigkeit und Humor. In letzter Zeit hatte sie jedoch mit Claas angebandelt, sehr zum Missfallen von Fetti und Stefan, die sich auf ihre Absprache beriefen, WG-Bewohner dürften nichts miteinander anfangen. Eine Absprache, die sie getroffen hatten, als die nerdige Maria (und zwar nicht die positiv-pervers-erotische Art von Nerd) noch bei Ihnen wohnte und sich, nach erfolglosen Versuchen bei Stefan und Claas, anschickte, Fetti klarzumachen. Und außerdem eine Absprache, die Fetti und Stefan ebenfalls im Bruchteil einer Sekunde zu Boden missbrauchen, töten, verbrennen und erneut schänden würden, wenn sie im Falle von Luciana nur die Gelegenheit dazu gehabt hätten. Hatten sie aber nicht. „Hi Luciana. Flo hier. Ist Fetti da?", fragte ich. „Hi Flo. Einen Momento, bitte. Er ist in seine Zimmer, ich glaube." – „Stefaaaaan!", hörte ich Luciana rufen. Sie hatte sich von Beginn an geweigert Fetti bei seinem Kosenamen zu rufen („das ist ein Name gemeiner"), was sie vor das Problem stellte mit zwei Stefans in ihrer WG zurecht zu kommen. Zur Unterscheidung hießen sie daher seit sechs Monaten „Steeeefan" und „Stefaaaan". Natürlich sprangen trotzdem grundsätzlich beide Speichellecker auf, wenn auch nur die entfernte Möglichkeit bestand, dass Luciana ihren erbärmlichen Namen gerufen hatte. Durch mein Telefon hörte ich eine Tür aufspringen und konnte mir förmlich ausmalen, wie der treue Schoßhund vor seinem Frauchen Männchen machte. „Hi Flo", meldete Fetti sich, „bist du wieder fit?" Im Hintergrund knarzte eine weitere Tür. „Hast du mich gerufen?" – „Nein, ist für mich!", erwiderte Fetti unwirsch. Ich fühlte mich immer noch ausgelaugt und ein Veilchen wuchs neben der Schürfwunde an meinem Kopf. „Ja, geht so. Ich kann mich nur nicht mehr an so ganz viel erinnern. Wie lange warst du denn mit?", fragte ich. „Bis zum Ende. Warst du bei der Polizei?" – „Äh, warum?", erwiderte ich. „Oh

31

scheiße! Du solltest doch bis 15.00 Uhr da sein!" Ich schaute auf die Uhr: 14.35 Uhr. „Ok, wenn ich mich beeile, schaffe ich das noch. Oder ich komme nur fünf Minuten später." – „Fünf Minuten und einen Tag!", konterte Fetti, „Du solltest gestern da gewesen sein." – „Fuck! Wieso hast du mir nicht Bescheid gesagt?" – „Ich habe zigmal versucht dich anzurufen", verteidigte Fetti sich. „Ich war sogar an deiner Tür und habe geklingelt, aber du hast nicht aufgemacht." – „Scheiße! Was ist denn passiert? Hatten wir ne Schlägerei oder so?", erkundigte ich mich. Fetti lachte. Spott: Das Privileg der Abstinenten und Nüchternen nach einem ausgeuferten Abend. Ich hasste ihn dafür. Fünf Minuten später war ich im Bilde. Offensichtlich hatte mir irgendein Typ, dessen Freundin ich zuvor angegraben hatte, eins auf die Fresse gehauen. Kein Drama. Unangenehmer war schon der Teil, dass ich angeblich auch noch die Polizistin, die das ganze aufgenommen und mich zum Verhör geladen hatte, angemacht haben sollte. Das könnte durchaus peinlich werden. Ich überlegte, nicht zur Wache zu gehen. „Doch Mann! Du musst da auf jeden Fall hin!", bestand Fetti. „Was meinst du, was los ist, wenn der Typ erzählt, du hättest ihn angegriffen. Du hast immerhin noch deine Bewährung." Also ließ ich mich in die Details der Geschichte einweihen, die Fetti den Polizisten aufgetischt hatte: Ein paar Biere, schlecht gelaunter Freund, von dem ich nichts wusste und ein Schlag auf die Schläfe, weswegen ich benommen gewesen war und Unsinn erzählt hatte. Ich beschloss, um 15.00 Uhr auf der Wache aufzutauchen und so zu tun, als sei ich erst für heute geladen.

Ich huschte ins Bad, wusch mein Gesicht, gelte meine Haare so, dass sie einigermaßen akzeptabel aussahen, und lief die Treppe herunter. Die Polizeiwache in der Rhöndorfer Straße war keinen Kilometer entfernt, und ich kam, etwas außer Atem, um zehn nach drei an. Eine Glastür mit grünem Metallrahmen und verblichenem gelbem Plastikgriff fügte sich in den 90er Jahre Backsteinbau. Im Innern folgte ich den Schildern, die den Weg zum Empfang wiesen. Der Boden war mit dem grünen, hubbeligen Linoleumboden ausgelegt, der auch in zahlreichen Arztpraxen zu finden war und an den stärker beanspruchten Stellen dunkle Löcher hatte. Die dumpf wummernde Belüftungsanlage kämpfte einen aussichtslosen Kampf gegen den Geruch von durchgeschwitzter Kleidung und chemischen Reinigungsmitteln. Nach zehn Metern fand ich mich in einem Wartebereich mit Empfangsschalter wieder, der nicht besetzt war. Ich ging zur Theke und drückte auf die kleine elektrische Klingel. Im Nebenraum ertönte der Klingelton aus dem Film „Crank". Offensichtlich hatten die Beamten Sinn für Humor. Kurz darauf öffnete sich die Tür und eine junge Polizeibeamtin kam zum Vorschein. Ich musterte sie: Blonde Haare, grüne Augen, freundliches Gesicht. Unter ihrer Uniform zeichnete sich ein ordentliches Paar Möpse ab. Von einem Namensschild, das passiv-provokant auf ihrer Brust angebracht war, las ich ihren Namen ab: Müller. Auch wenn ihre Figur etwas untersetzt war und sie unter normalen Umständen sicher nicht meine erste Wahl gewesen wäre, war ich mit meinem Drogen-Ich durchaus zufrieden. „Guten Tag, was kann ich für sie tun?", fragte die Beamtin. „Ich wurde vorgestern Opfer in einer Schlägerei und sollte heute um 15.00 Uhr zur Aussage vorbeikommen", log ich souverän. Frau Müller blickte auf die Uhr an der Wand. „Ich habe es nicht ganz pünktlich von der Arbeit geschafft", ergänzte ich. Die Beamtin holte den großen weißen Kalender unter der Theke hervor und fuhr mit ihrem Finger über die Termineinträge des heutigen Tages. Nachdem sie sie ein zweites Mal kontrolliert hatte, fragte sie: „Wie war noch gleich ihr Name?" – „Waldorf, Florian", gab ich Auskunft. „Ah, ja, hier. Aber da muss ein Missverständnis vorliegen. Sie waren für gestern geladen, nicht für heute!" – „Echt?", tat ich verdutzt. „Ich meine, ich bin mir ziemlich sicher, dass Sie gesagt haben, ich solle heute vorbeikommen." Die Beamtin beäugte mich argwöhnisch. „Erstens ist mein Name nicht so kompliziert. Sofern Sie keine Sehschwäche haben, können Sie mir jetzt wieder in die Augen schauen. Zweitens habe nicht ich den Vorfall aufgenommen, sondern meine Kollegin. Und drittens ist der Termin hier eindeutig für gestern eingetragen. Einen Moment mal eben." Sie nahm den Hörer von dem weinroten Plastiktelefon mit Kabel und drückte auf ein paar Tasten. „Ja? Uschi? Hier ist ein Herr Waldorf zur Zeugenaussage." Stille. „Nein, er sagt, dass er den Termin heute hat. Ja, ich schicke ihn zu dir hoch." Zu mir gewandt sagte sie: „Sie haben Glück. Frau Wursnewski ist im Haus. Sie können zu ihr hochgehen: Die Treppe rauf, zweiter Stock, die vorletzte Tür rechts. Raum 208." Ich bedankte mich, streifte mit meinen Augen ein letztes Mal ihr Namensschild („Es heißt immer noch Müller! Jetzt verschwinden Sie!") und machte mich auf den Weg in den zweiten Stock. Die Tür zu Raum 208 stand leicht offen und ein etwas unangenehmer, säuerlich-abgestandener Geruch stach mir entgegen. Ich klopfte höflich an und wartete. „Herein!", krächzte eine rauchige Stimme. Ich zog die Tür auf und trat ein. Zuerst nahm ich den Gestank wahr. Was auf dem Flur wie ein leichtes Deodorantversagen an einem heißen Arbeitstag gewirkt hatte, entpuppte sich als manifestes Hygieneproblem, das jeder Hippiekommune Konkurrenz machte. Dazu der Mief von kaltem Zigarettenrauch. Dann sah ich sie: Ein Mensch gewordener Berg Fleisch, mit dünnem, blondem Haar. Das Fett ihrer Taille (bzw. der Stelle, an der normale Menschen eine Taille hatten) presste sich unter den Armlehnen ihres gequälten Bürostuhls hindurch. Ihre Brüste waren dermaßen fett, dass man nicht hätte sagen können, ob der Fleischlappen auf dem Schreibtisch vor ihr ihre Nippel waren oder lediglich eine weitere Variante ihrer mäandernden Speckfalten. Unter ihren wabbeligen Oberarmen zeichneten sich tiefe, weiße Schweißränder ab, die aus ihren Achselhöhlen stetig mit stinkendem Nachschub versorgt wurden. Mit der rechten Hand, die karikiert unterproportional zu ihrem gewaltigen Körper wirkte, winkte sie mich herein und sagte mit ihrer verrauchten Stimme: „Hallo Herr Waldorf. Schön, dass Sie hier sind. Schließen Sie doch bitte die Tür und setzen sie sich." Bei dem Gedanken, mich mit diesem Pottwal und ihrem Gestank in einem Raum einzuschließen, wurde mir übel, aber ich tat, wie mir geheißen, und nahm ihr gegenüber Platz. Das Schild auf dem Schreibtisch verriet ihren vollen Namen: Ursula Wursnewski.

„Sie sind spät dran, Herr Waldorf", stellte sie lächelnd fest. „Ja, tut mir leid. Ich dachte der Termin wäre heute." – „Na, wie auch immer, nun sind Sie ja da. Wie geht es Ihnen?" – „Ganz in Ordnung. Also jetzt wieder. Ich war ganz schön benommen nach dem Schlag", antwortete ich, peinlich berührt ob meiner angeblichen Annäherungsversuche an dieses Schlachtschiff von einem Weib auf der anderen Seite des Schreibtischs. „Dann erzählen Sie doch mal, wie sich das ganze aus Ihrer Sicht abgespielt hat." Ich leierte die Geschichte runter, die Fetti mir eingetrichtert hatte. Ursula hörte zu, schrieb mit, nickte ab und zu mit dem Kopf oder sagte „ah" oder „hm" oder „Moment". Nach knapp fünf Minuten war ich fertig. „So wie ich das Ganze, Stand jetzt, beurteile, Herr Waldorf, ist die Sache relativ eindeutig. Sie sind der Leidtragende einer Beziehungskrise geworden, von der Sie nichts wissen konnten. Ihr Kontrahent war im Übrigen schon gestern hier und hat das, was Sie mir erzählt haben, so bestätigt. Ich soll Ihnen ausrichten, dass es ihm sehr leidtut. Möchten Sie noch persönlich Anzeige erstatten?" – „Nein, nein", winkte ich lässig ab. Es war nicht das erste Mal, dass ich ein blaues Auge davongetragen hatte, und nicht immer war die Schuldfrage in der Vergangenheit so eindeutig wie gerade. Es war eine Frage des Anstands, keine Anzeige zu erstatten. „In Ordnung, dann werde ich das mal so weitergeben. Ich meine, da haben Sie ja schon ein bisschen Glück im Unglück gehabt, angesichts Ihrer Vorstrafe und der Bewährung", sagte der Pottwal und blickte mich prüfend an. Ein Schaudern lief mir bei der Erwähnung meiner prekären Situation über den Rücken. Mit einem Kloß im Hals rang ich mir ein Lächeln ab: „Ja, ich weiß. Ich versuche auch wirklich so gut es geht solche Situationen zu vermeiden. Da habe ich echt Pech gehabt." Frau Wursnewski musterte mich kritisch. „Wenn es das jetzt war, dann ist alles in Ordnung?", fragte ich unsicher. „Ja, ja, natürlich", sagte die Beamtin. Ich konnte den Eindruck nicht loswerden, dass sie mich die ganze Zeit abcheckte. Aber vielleicht war das auch einfach mein allgemeines Unwohlsein, wenn ich unter den Augen des Gesetzes war. Ich stand langsam auf und wandte mich zur Tür. Die Polizistin kramte hinter mir in ihrem Schreibtisch. Ich streckt meinen Arm in Richtung Türklinke aus und wollte sie gerade herunterdrücken, als ihre krächzige Stimme sagte: „Eine Sache wäre da doch noch." Ich drehte mich um. Mein Herz blieb beinahe stehen und mir wurde schwarz vor Augen. Frau Wursnewski saß hinter ihrem Schreibtisch. Der fleischige Ellbogen ihres rechten Armes stützte neben der Tastatur und zwischen ihrem kleinen Daumen und ihrem Zeigefinger baumelte ein kleines Zip-Lock Tütchen mit weißem Inhalt. Ich wusste sofort, was es war. Ein paar säuberlich verklebte Synapsen, die sich im Dornröschenschlaf befanden, wurden wachgeküsst und feuerten erbarmungslos Bilder in mein Bewusstsein: Die Pilze, die wir bei mir gegessen hatten; das Tütchen, das ich in meinem Portemonnaie verstaut hatte; meine Hand, die ebenjenes Portemonnaie in die Hand von jemand anderem gibt. Ich sackte zusammen und ließ mich wieder in den Stuhl fallen. Als ich wieder die ersten klaren Gedanken fassen konnte fragte ich: „Und was passiert jetzt? Ich meine, muss ich… muss ich ins Gefängnis?" Frau Wursnewski schaute mir in die Augen. „Ja, definitiv! Du warst auf Bewährung wegen Rauschgiftbesitzes und versuchten -schmuggels. Der Besitz von Amphetaminen stellt einen eindeutigen Verstoß gegen deine Bewährungsauflagen dar." In meiner Panik bemerkte ich den grenzüberschreitenden Wechsel der persönlichen Anrede gar nicht. Tränen schossen mir in die Augen. Ich schluchzte. „Aaaber…", sagte die Polizistin. Ich blickte auf. „Bisher steht davon nichts im Bericht." Ich verstand nicht ganz. Frau Wursnewski lächelte. „Du warst sehr nett zu mir vorgestern. Ich habe mich attraktiv gefühlt. Das war wirklich schön. Ich mag dich." Was um Gottes Willen geschah hier? „Was hältst du davon, wenn wir mal miteinander ausgehen und das Ganze noch einmal besprechen?" Das konnte doch nicht wahr sein. Mein Kopf rauschte, unfähig einen klaren Gedanken zu fassen. „Ja klar. Ja. Ich finde Sie auch nett", stammelte ich, „und ausgehen, also etwas essen gehen, meinen Sie?" – „Das „Sie" kannst du dir ruhig sparen, Florian. Ich bin die Uschi. Und mit ausgehen meine ich ausgehen… richtig ausgehen!", erklärte sie und zwinkerte mir verheißungsvoll zu. Was konnte ich tun? Nichts. Ich war ihr ausgeliefert. Ich beschloss, auf Zeit zu spielen. „Ähm, klar. Gerne. Also können wir gerne machen. Ich muss nur diese Woche ziemlich viel arbeiten und nächste…" – „Freitag!", schnitt sie mich ab. „Äh, ja, wie ich gesagt habe. Diese Woche…" – „Freitag! Ich glaube, du solltest dir mal einen Abend frei nehmen." Die Frau verstand es zu verhandeln. „Ähm, ok. Ich schau mal, was ich machen kann." – „Du wirst es können!", sagte sie und verlieh ihren Worten Nachdruck, indem sie das Tütchen in ihren Fingern hin und herwiegte. „Ja, na gut, dann bis Freitag", gab ich auf und wandte mich mit wackligen Beinen zur Tür.

Auf dem Heimweg begriff ich langsam, was gerade geschehen war. Dieses fette Walross hatte mir gerade ein Date abgenötigt. Ich überlegte, was zu tun sei. Ich brauchte eine Strategie, einen Schlachtplan. Und ich brauchte Drogen. Ich rief Jörg an und traf mich am Montag mit ihm. „Oh Mann!", sagte Jörg, nachdem ich ihm die Story erzählt hatte, „das ist ja

echt mies. Aber immerhin hat sie Dich nicht direkt gefickt –
bildlich gesprochen. Das wäre echt das Todesurteil gewesen."
Jörg sagte dies mit der Dealer-typischen Gleichgültigkeit.
Nicht mal ein Hauch von Schuldgefühlen waren in diesem
Konzept vorgesehen. Jörg war lediglich der Lieferant. Was du
mit dem Zeug machtest, war dann schon deine Sache. Ob du
es nun deiner kleinen Schwester gabst, es deiner Katze
verabreichtest oder in deine beschissene Brieftasche stecktest.
„Aber das ist doch Erpressung! Gibt es da nicht ein
Berufsethos oder so? Das kann doch nicht legal sein", fragte
ich meinen Anwalt, während der drei Longpaper zu einem
riesigen Joint zusammenbastelte. „Ja klar. Aber was willst du
machen? Anzeige erstatten? Dann würde sie ihren Job
verlieren und du müsstest nicht mit ihr ausgehen. Aber gefickt
wärst du auf jeden Fall", klärte Jörg mich auf. „Wie heißt die
nochmal?" – „Uschi. Also Ursula." – „Scheiße", lachte Jörg,
„so wie die fette schwarze Qualle von Arielle?" – „Ja. Nein.
Krake." – „Wahahahas?", prustete Jörg los. Ich bereute jetzt
schon, ihn eingeweiht zu haben. „Eine Krake, du Spast!", fuhr
ich ihn an. „Ursula in Arielle ist eine Krake." Jörg kriegte sich
kaum noch ein. Unter Männern gilt es ein paar ungeschriebene
Gesetze zu beachten. Eines davon lautet: Hast du ein Date,
einen One Night Stand oder sonst irgendetwas mit einer
unattraktiven oder fetten Frau (oder einer Frau mit etwas zu
großem Adamsapfel) ist das absolut in Ordnung. Du darfst es
halt nur nicht deinen hirnamputierten Freunden erzählen.
Ansonsten werden sie es dir so lange hinterhertragen und es
bei jeder Gelegenheit wieder auftischen, bis sie selbst eine
noch hässlichere oder noch fettere Frau (oder mit noch
größerem „Adamsapfel") bumsen. Das ist dann der erhabene

Moment, in dem die Fackel des Spottes offiziell an sie weitergereicht wird und du in den seligen Hafen der Selbstgerechtigkeit einläufst, bis du selbst etwas noch Dümmeres tust. Es stand von daher völlig außer Frage, dass Jörg bei nächster Gelegenheit Fetti und Philipp einweihen würde. Er hatte sich langsam wieder erholt. „Wie soll das Date denn ablaufen? Ihr trefft Euch beim Italiener, romantisches Candlelight-Dinner mit fünf bis sechs Pizzen und danach geht's ab in die Honeymoonsuite?" – „Nein. Wir gehen einfach nur was essen. Und dann gehe ich wieder nach Hause." – „Naja, so wie du es erzählt hast, muss sie ja ziemlich scharf auf dich gewesen sein. Aber, ey, ich meine, wenn sie erstmal den Abend mit dir verbracht hat, wie groß ist da schon die Chance, dass sie noch was von dir will." Dieser Seitenhieb ließ tatsächlich so etwas wie Hoffnung in mir aufkeimen. Irgendwie hatte er da schon recht. Die Wahrscheinlichkeit eines zweiten Dates ging bei meinen Gespielinnen Richtung null. Wenn, dann kamen sie nochmal wieder, um irgendeinen Krempel abzuholen oder mich zu beschimpfen. „Ich will jedenfalls ein paar von den Pilzen haben. Und ein paar Dollars", sagte ich. „Klar. Aber wozu? Sag bloß, du willst sie willenlos und gefügig machen. So hätte ich dich gar nicht eingeschätzt." – „Fick dich. Ich brauche sie für den Notfall. Wenn das zu ätzend wird, will ich mich wenigstens wegknallen können." Jörg zog seine Augenbraue skeptisch hoch. „Nicht, dass am Ende es dir noch gefallen tut, mein junger Padawan", sagte er mit einer semiprofessionellen Yodaparodie. Jörg war, wie die meisten Kerle mit zu viel Gras und zu wenig Sex, ein typischer Star Wars Nerd. Die ersten drei Teile konnte er fließend und mit passender Betonung

40

mitsprechen. Selbst Chewbacca imitierte er nahezu perfekt. Auf seinem Schreibtisch standen eingestaubte Figuren von Darth Vader und Yoda, der auf Knopfdruck Weisheiten von sich gab. „Fick dich", wiederholte ich. „Hey, don't shoot the messenger!", grinste Jörg, kramte in einem Schuhkarton und brachte verschiedene Tütchen zum Vorschein. Er zählte ein paar Tabletten ab, ließ sie in einen leeren Beutel gleiten und überreichte sie mir. Dann gab er mir ein zweites Tütchen mit Pilzen. „Viel Spaß damit." Ich gab ihm das Geld und ging nach Hause.

Die folgenden Tage verbrachte ich damit, mir Sorgen zu machen, wohin dieses Date führen würde. Denn anders als ich es Jörg erzählt hatte, waren Ursulas Andeutungen natürlich durchaus explizit gewesen. Und genau für diesen Notfall waren auch die Psychopharmaka vorgesehen. Ein Gedanke kreiste dabei tief unten in dem Teil meines Kopfes, der auch für die Instinkte zuständig war: Wie hatte ich Ursula attraktiv finden können? Ich meine, offensichtlich hatte ich sie auf dem letzten harten Trip angebaggert. Und wenn die Pilze die Ursache der Geschmacksverzerrung waren, vielleicht konnte ich mich ja wieder in diesen Zustand versetzen. Es wäre die Lösung aller Probleme. Wie viele hässliche, ungebumste Frauen liefen da draußen umher auf verzweifelter Suche nach einem besoffenen Trottel, der sie für eine Nacht aus ihrem erbärmlichen Dasein vögelte? Was, wenn ich dieser Trottel sein könnte und die Frauen dabei absolut scharf fände? In meiner Phantasie sah ich mich schon als eine Art Amerika für hässliche Frauen. „Give me your poor, your ugly, your underfucked masses" stand auf dem Sockel einer monumentalen, bronzenen Statue mit überlebensgroßem Phallus von mir. Den Rest der Zeit verbrachte ich damit, mir zu überlegen, welches Restaurant den besten Kompromiss aus angemessener Verkostung, Bezahlbarkeit und Diskretion darstellte. Auf keinen Fall wollte ich bei meinem Date mit Miss Walross gesehen werden. Ich wählte einen Italiener in der Altstadt. Der war zwar etwas teurer, aber ich konnte mir einigermaßen sicher sein, dort in erster Linie von Asiaten und Engländern umgeben zu sein. Um 19.00 Uhr traf ich Uschi am Heumarkt und wir schlenderten gemeinsam die Markmannsgasse hinunter zum Rhein. Uschi hatte sich schick gemacht, was bedeutete, dass sie sich ein schwarzes Abendkleid mit funkelnden Pailletten übergeworfen hatte. Sollte uns irgendwann einmal der Himmel auf den Kopf fallen, hätte man dieses Kleid wunderbar als Ersatz ans Firmament hängen können. Ihr tiefes Dekolleté lud zu ungenierten Blicken auf ihre monströsen Möpse ein, was sich die lauchdünnen Chinesen mit ihren schlechtsitzenden Designeranzügen nicht nehmen ließen. Beim Essen unterhielten wir uns über Belanglosigkeiten und ich muss gestehen, dass Uschis Geschichten mich tatsächlich amüsierten. Im Gegenzug erzählte ich ihr von meiner „Arbeit" und sie hörte mir zu. Gerade als ich anfing, die Hoffnung zu hegen, dass dieser Abend hier im Da Gino enden könnte, fragte Uschi: „Wollen wir gleich zu dir, oder zu mir?" Mein Herz rutschte mir in die Hose, aber ich riss mich zusammen. „Entschuldige mich kurz", erwiderte ich, „ich muss mal kurz zur Toilette. Bin gleich zurück." – „Beeil dich. Ich habe Lust auf meinen ‚Nachtisch'", zwinkerte Uschi mir zu. Es lief mir eiskalt den Rücken hinunter. Ich hatte einen Notfallplan. Und

42

der Notfall war eingetreten. Ich schloss mich in einer der Kabinen ein und kramte mein Portemonnaie aus der Hosentasche. Zuerst zog ich mir eine kleine Line vom Deckel des Spülkastens. Ich genoss den bitteren Geschmack tief hinten in der Kehle. So gestärkt warf ich eins der Es ein, die ich von Jörg bekommen hatte. Um das ganze abzurunden, nahm ich mir ein paar getrocknete Pilze aus dem Tütchen. Ich wusste nicht mehr, wieviel ich zuletzt davon genommen hatte, entschied aber, dass dieser Abend einer etwas größeren Dosis bedurfte. Ich kaute so lange auf den muffigen, trockenen Pilzen herum, bis ich sie hinunterschlucken konnte, verließ die Kabine, spülte den widerwärtigen Geschmack aus meinem Mund und ging zurück ins Lokal. Da ich auf keinen Fall bei Uschi aufwachen wollte, sagte ich: „Alles klar, wir gehen zu mir."

Um nicht doch noch jemandem über den Weg zu laufen, den ich kannte, lotste ich Uschi am Heumarkt in ein Taxi und gab dem Fahrer meine Adresse. Die Fahrt dauerte ewig. Auch wenn es mein Geld war, war mir das im Augenblick recht, um dem MDMA und den Pilzen Zeit zu geben, ihre Wirkung zu entfalten. Am Rathenauplatz stiegen wir aus und gingen die letzten Meter zu meiner Wohnung zu Fuß. Das strahlende Grün der Blätter in der Dämmerung kündigte die ersehnte Wirkung der Drogen an. Kaum dass wir in meiner Wohnung angekommen waren, ließ ich mich erschöpft auf die Couch fallen. Uschi begutachtete meine Einrichtung. „Und hier wohnst du echt allein? Wow! Ist die Miete nicht unglaublich teuer?" – „Ich habe die Wohnung gekauft", antwortete ich nicht ohne Stolz. Der Stuck an der Decke fing an, seine Form zu verändern. „Wirklich? Das hatte ich echt nicht erwartet. Respekt!", sagte sie anerkennend. „Ich verschwinde mal eben ins Bad. Lauf nicht weg." Aber mir war in diesem Moment absolut nicht nach weglaufen zumute. Ich fuhr einen harten Trip. Der Stuck wuchs zu Stalaktiten heran, die bedrohlich von der Decke herabstachen und mich jeden Moment aufzuspießen drohten. Ich schloss die Augen. Ich weiß nicht, wie lange ich da so lag und wie ich meine Klamotten verloren hatte. Ich weiß nur, dass ich auf einmal ein schmatzendes Geräusch wahrnahm und etwas auf mir spürte. Ich öffnete meine Augen und erschrak. Auf mir saß die fette, schwarze Krake aus Arielle! Grässlich lachend warf sie ihren Kopf nach hinten. Ich packte einen ihrer riesigen, glitschigen Tentakel und wollte ihn wegschieben, aber sie beugte sich über mich. Ich wollte schreien: „Geh weg! Verschwinde, du ekelhafte Krake! Lass mich in Ruhe!", aber meine Stimme versagte. Ich war stumm. Widerwärtig lachte das schwarze Ungetüm, hob und senkte sich immer wieder. Mir blieb die Luft weg und mir wurde schwarz vor Augen. Da hörte ich eine Stimme neben mir: „Du deine Kräfte schonen musst, junger Padawan." Ich wandte meinen Kopf. Rechts neben mir stand Yoda. Seine dürren Arme waren verborgen unter seinem Umhang. Er grinste schief. „Es dir gefallen tut, junger Padawan?", fragte Yoda. Ein unmenschliches Stöhnen ließ mich meinen Kopf wieder nach vorne drehen. Auf mir saß nun, nass-glitschig triefend und in voller Lebensgröße, Jabba the Hutt. Das grässliche Monster keuchte. Speichel tropfte aus seinem stinkenden Maul. Von den Speckfalten seines wurmförmigen Körpers rann Schleim auf meinen Oberkörper. „Du es Daddy besorgen musst, junger Padawan", sagte Yoda. Ich schaute

44

ihn an. Aus seiner Kutte hatte er seinen vertrockneten, grünen Schwanz hervorgeholt, den er mit seinen drei Fingern wichste. „Ja, du es Jabba gut besorgen, junger Padawan", kommentierte er. Vergewaltigt von Jabba the Hutt und im Stich gelassen vom Jedimeister, ergab ich mich meinem grausamen Schicksal. „Umpfff...", stöhnte Jabba. „Ahh, braver Padawan", ergänzte Yoda. Jabbas Schleim vermengte sich mit Yodas grüner Wichse und klatschte mir ins Gesicht. Ich schloss meine Augen und stürzte in die dunkle Tiefe des Todessterns.

Die Sonne, die grell durch die hohen Fenster meines Wohnzimmers auf mein Gesicht fiel, riss mich mit einem Schrei aus meinem von Albträumen gepeinigten Schlaf. Noch immer hatte ich Schwierigkeiten, meinen Blick zu fokussieren. Ich dachte an den Horror der letzten Nacht und fürchtete, dass Ursula immer noch in der Wohnung sein könnte. Ich blickte mich um. Das Wohnzimmer war leer und ruhig. Auch aus der Küche oder aus dem Badezimmer waren keine Geräusche zu vernehmen. Erleichtert atmete ich auf und schloss die Augen. Ich fühlte mich benutzt und schmutzig, aber es war vorüber. Ich stand auf und ging ins Bad, um eine Dusche zu nehmen. Noch nie zuvor in meinem Leben sehnte ich mich so sehr danach meinen Körper sauber zu waschen. Anschließend würde ich das Wohnzimmer putzen und die Couch neu beziehen. Oder verbrennen. Ich duschte ausgiebig und lange. So lange, bis das heiße Wasser aufgebraucht war und ich unter der lauwarmen Dusche fröstelte. Danach rasierte ich mich und zog mir eine frische Jeans und ein Hemd an. Ich betrachtete mich im Spiegel und war mit dem Ergebnis einigermaßen zufrieden. Am Nachmittag kam Philipp vorbei, um mir seelischen Beistand zu leisten. Wir rauchten gemeinsam ein paar Joints, zockten Gears of War und ich erzählte ihm den unproblematischen Teil meines Dates. „Und das war's?", fragte Philipp ungläubig. „Sie hat dich einfach rausgeworfen und gesagt, dass du dich nie wieder bei ihr melden sollst?" Ich hatte mir diese Geschichte über den Tag detailliert zurechtgelegt. „Ja. Ich weiß auch nicht warum. Ich hatte eigentlich das Gefühl, dass ihr das Essen gefallen hat und habe ihr angeboten, sie noch nach Hause zu bringen, aber als wir vor meiner Tür waren, ist sie fast ausgerastet und meinte, sie sei noch nie so gedemütigt worden. Ich glaube, die hat einfach irgendwelche Probleme." – „Hmm", sinnierte Philipp, während er einem Keule schwingenden Alien den Kopf mit einer Kettensäge spaltete.

Familie

In den nächsten Wochen verlief mein Leben wieder in den gewohnten Bahnen. Am Wochenende gingen wir aus und dröhnten uns zu. Montags trafen wir uns auf einen ruhigen Joint, um uns zu entspannen. Dienstags durchstöberte ich halbherzig ein paar Jobbörsen und nahm mir vor am nächsten Tag eine Bewerbung zu schreiben, an dem ich stattdessen Serien schaute, Wäsche machte oder einkaufen ging. Am Donnerstag läuteten wir zwischen 17.00 und 18.00 Uhr das Wochenende ein. Das Leben hätte so entspannt sein können, wie es nur ging, hätte nicht tief hinten in meinem Bewusstsein das Wissen um mein schmaler werdendes Budget genagt. Außerdem jährte sich Juli der Geburtstag meiner Mutter. Natürlich erwartete sie, dass ich zu ihr kam, um ihr zu huldigen, mich für meine ausgebliebenen Anrufe zu entschuldigen und mich ihrer Inquisition bezüglich meines Liebeslebens zu unterziehen. Sie hatte für 17.00 Uhr zu Kaffee, Kuchen und Sekt eingeladen. Sekt – seit ich mich erinnern kann, gab es bei meiner Mutter immer Sekt. Die Uhrzeit verriet, dass sie vorhatte, den Abend in die Länge zu ziehen und mit ihren Freundinnen, ebenfalls Mitte Vierzig und Single, in irgendeinen Laden zu gehen, um sich von irgendwelchen fünfzigjährigen Kerlen in Anzügen, mit Brieftaschen, die von Geld, Familienfotos und Viagra dick waren, sagen zu lassen, wie jung sie doch aussahen und Dinge wie: „Nein, also du bist echt schon über Vierzig? Also das hätte ich wirklich nicht gedacht." Anschließend würden sie sich in einem zweitklassigen Hotelzimmer aufs Kreuz legen und nach allen Regeln der Kunst von den Typen durchnageln lassen, in der verzweifelten Hoffnung, doch noch den einen, aufrichtigen Mann zu treffen, mit dem sie ihren „Lebensabend" verbringen konnten. Ohne Frage wäre der Kerl spätestens mit dem Nachlassen seines Potenzmittels unter fadenscheinigen Entschuldigungen verschwunden, nicht ohne ihnen eine Nummer dazulassen, unter der weder er noch sonst irgendjemand erreichbar war. Meine Mutter hatte mich mit 16 bekommen. Der Kerl, mein Vater, war damals wohl der heißeste Typ in Lövenich. Zwanzig, mit Motorrad und etwas mehr Geld als die pickligen Mitschüler meiner Mutter aus allerlei dubiosen Geschäftsbeziehungen. Ein paar Wochen nach meiner Geburt war er verschwunden. Meine Mutter war am Boden zerstört. Sie tröstete sich mit der Vorstellung, er habe wichtige Geschäfte zu erledigen und würde bald wieder auftauchen. Drei lange Jahre später war er zurück, um meine Mutter um Geld zu bitten. Seine Geschäfte waren offensichtlich nicht nach Wunsch verlaufen. Und was machst du als neunzehnjähriges Mädel, wenn nach drei Jahren der Trauer dein Traummann, der Vater deines Sohnes, vor dir steht und dir mit Tränen in den Augen seine Story auftischt? Du gibst ihm die verfickte Kohle. Er musste ein weiteres Mal verschwinden, damit meine Mutter endlich begriff, was er war: ein nichtsnutziger Wichser. Ich selbst hatte meinen Vater nie kennengelernt. Als er damals wieder auf der Matte stand, war ich drei und habe keinerlei Erinnerungen. Alles, was ich von ihm hatte, waren ein paar liebevoll eingeklebte und beschriftete Bilder in dem Album eines 16-jährigen Mädchens. Als ich verstand, warum die meisten meiner Freunde Väter hatten, ich aber nur eine Mutter, war ich nicht besonders scharf darauf, ihn kennenzulernen. Und heute? Worüber sollten wir uns unterhalten? Wie man Frauen rumkriegt und ihnen möglichst bequem den Laufpass gibt? Wie man es schafft, die Kohle, die man nicht „erworben",

48

sondern durch glückliche Umstände bekommen hatte, zu verprassen? Wenn ich darüber nachdachte, erschauderte ich bei der Idee, ich könne ihm ähneln. Ich fuhr also an einem Samstagabend, Ende Juli, mit der Bahn zum Neumarkt und stieg dort um in die Linie 1 Richtung Weiden. An der vorletzten Haltestelle, auf Höhe des Rhein Centers stieg ich aus, überkreuzte die Aachener Straße und besorgte einen Strauß Blumen und eine Flasche Asti. Dann ging ich zurück durch die Moltkestraße und bog links in die Saarstraße ein. Um kurz nach sechs klingelte ich. Der Summer ertönte, ich drückte die Tür auf, stieg in den Fahrstuhl und drückte auf die fünf. Als ich aus dem Aufzug trat, schallte mir bereits das hysterische Gegacker der alkoholenthemmten Möchtegernteenies entgegen. Ich atmete tief durch und machte mich auf den Weg zu der Dreizimmerwohnung, die mal mein zu Hause gewesen war. Als ich sie gerade aufdrücken wollte, riss meine Mutter sie auf und strahlte mir entgegen. „Hi Mel", sagte ich. Meine Mutter hatte es sich verbeten, mit „Mama" angesprochen zu werden. Auch „Melanie", ihren eigentlichen Namen, hatte sie Mitte der Neunziger abgelegt und sich von mir stattdessen mit dem Vornamen ihres großen Stars Mel C. von den Spice Girls anreden lassen. Ihr junges Alter und die Tatsache, dass ich sie mit Vornamen ansprach, hatte häufig dazu geführt, dass sie für meine ältere Schwester oder Cousine gehalten wurde, ein Umstand, der ihr durchaus genehm war. „Sorry, dass ich zu spät bin. Ich musste noch was Geschäftliches erledigen. Alles Gute zum Geburtstag", sagte ich, an ihren Hals gepresst. „Macht nichts. Hauptsache, du bist jetzt da. Zieh deine Schuhe aus und komm rein. Die Mädels warten schon." Ich stellte meine Schuhe ab und ließ mich von meiner Mutter in die Küche führen. Dort standen, aufgedonnert wie in die Jahre gekommene Pornodarstellerinnen, meine Tante, die drei besten Freundinnen meiner Mutter, die ich seit Jahren kannte und zwei weitere Frauen, die mir unbekannt waren und mich neugierig beäugten. Die eine war übergewichtig und hatte in ihren blondierten Haaren irgendein Glitzerzeug. Die andere sah etwas jünger aus, brünett und, gemessen an ihrem Alter, durchaus attraktiv. Wäre ich fünfzig, auf Dienstreise und hätte eine Brieftasche voll Geld, Fotos und Viagra – sie wäre durchaus einen Versuch wert gewesen. „Hey, guckt mal wer hier ist", kündigte meine Mutter mich an, „und was er mitgebracht hat." Dabei reckte sie triumphierend die Sektflasche, die ich kurz zuvor im Rewe gekauft hatte, in die Luft, was mit einem viel zu jugendlichen „Woohooo" goutiert wurde. Meine Tante kam auf mich zu, nahm mich in den Arm und drückte mir zwei fette, feuchte, sektgeschwängerte Tantenküsse auf die Wangen. „Hey Angie, friss ihn nicht gleich auf, wir wollen auch noch was von ihm haben", sagte die blondierte Glitzertonne unter einem dämlichen Gekicher. „Florian, das sind Cindy und Sophie von der Arbeit", sagte meine Mutter und reichte mir einen Sekt. Ich griff gierig zu. Wenn ich dieses Trauerspiel länger als zehn Minuten durchhalten sollte, musste ich mich betäuben. Das Zeug schmeckte grauenhaft, aber nach dem dritten Glas spürte ich eine angenehme Leichtigkeit in meinem Kopf und mein Hirn schaltete auf Standby. Nach zwei weiteren Gläsern war ich bereit für das Unvermeidliche. Meine Mutter und meine Tante traten „diskret" auf dem Balkon zu mir. Ohne große Umschweife fragte meine Tante: „Also, Florian, wie sieht es aus? Hast Du mal ein nettes Mädchen kennengelernt?" Ich gab bereitwillig Auskunft. Erzählte, ich hätte da schon jemanden kennengelernt, aber dass es noch zu früh sei, da jetzt mehr draus zu machen, als es ist. Und ja, sie sei echt toll und sehe

50

noch dazu gut aus. Und wenn es konkreter werde, würde ich sie ihnen natürlich vorstellen, aber wir würden es beide erstmal langsam angehen lassen wollen, um keine zu große Enttäuschung zu erleben und blablabla. „Und wie läuft es im Bett?" – „Angie!", fuhr meine Mutter dazwischen. „Ach komm Mel, wir sind doch alle erwachsen. Und wenn es im Bett nicht läuft, dann kann sie noch so toll und gutaussehend sein, das brauche ich dir doch wohl nicht zu erzählen." Das Gesicht meiner Mutter war rot. Ob aus Scham oder vom Alkohol, konnte ich nicht sagen. Jedenfalls schaute sie mich nun erwartungsvoll an. „Alles gut", sagte ich knapp. „Und habt ihr schon über… du weißt schon, gesprochen", fragte meine Mutter? „Wir kennen uns doch erst gerade", fuhr ich sie an. „Wie stellst du dir das vor? Hi, ich bin Flo und würde dich gerne schwängern?" – „Entschuldige", sagte meine Mutter, und ich hatte augenblicklich ein schlechtes Gewissen, weil ich wusste, wieviel ihr das bedeutete und ich es nicht ausstehen konnte, sie traurig zu sehen. „Schon gut. Wenn es soweit ist, dann sage ich es dir natürlich als erstes. Versprochen." Und schon strahlte sie mir wieder ihr herzlichstes Lächeln entgegen. Gegen halb zehn verabschiedete ich mich, unter lautem Protest von Cindy und Sophie, die mich gerne mitgenommen hätten. Nicht heute Abend, Sophie, dachte ich mir. Nicht nachdem ich meiner Mutter eine Geschichte über ihre zukünftige Schwiegertochter und Mutter ihrer Enkel aufgetischt habe.

Steve und Michele

Mitte August hatte der Sommer Köln und die gesamte Republik fest in seinem Griff. Das Thermometer stieg tagtäglich zuverlässig über dreißig Grad, der Asphalt glühte und über dem Aachener Weiher hing eine undurchdringbare Wolke aus Grillrauch und Dope. Inzwischen war es nach 23.00 Uhr, aber Philipp und ich schwitzten trotzdem noch in der Schlange vor dem Stadtpalais, wo heute verschiedene DJs auflegten. Wir genossen die Wartezeit. Was konnte es auch Besseres geben, als bei 28 Grad mit Kippe und Bier in einer Schlange von halb bekleideten Mädels zu stehen, die alles daransetzten, ihre Ware optimal zu präsentieren. Die Schlange war erwartungsgemäß lang, aber es gab Dixiklos und einen Kiosk auf der anderen Straßenseite. Vor den Toiletten standen ebenfalls zwei Schlangen. Eine längere vor dem Damenhäuschen und eine wesentlich kürzere vor dem der Männer, durchsetzt nur mit einzelnen Frauen, die mutig oder getrieben genug waren, sich in das vollgepisste Klo der Kerle vorzuwagen. Man konnte sich sicher sein, den originellen Spruch „das ist ja wie bei den Weibern hier" zu hören, wenn man dort anstand. Die einzige Möglichkeit, dies zu umgehen, bestand darin, den Spruch selbst zu sagen und zu hoffen, dass ihn auch alle gehört hatten. Nach seinem dritten Toilettengang kam Philipp mit zwei frischen Kölsch zurück und steckte gerade sein Handy in die Tasche. „Es kommt gleich noch ein Kollege vorbei", kündigte er an. „Den habe ich vorletzte Woche auf ner WG-Party kennengelernt. Ist ein bisschen strange, aber echt cool." Kurz bevor wir vor der Tür standen

52

tauchte er auf. Er fiel auf, weil er so ziemlich der einzige war, der einen langen, dunklen Kapuzenpulli trug und lange, schwarze Jeans. Als er uns sah, lächelte er und entblößte ein paar Zähne, die gerne mal wieder einen Zahnarzt gesehen hätten. Oder eine Zahnbürste. „Hey, da bin ich ja genau rechtzeitig", stellte er fest und reihte sich bei uns ein, was uns ein paar grimmige Blicke von den Gästen hinter uns einbrachte. „Hi Steve. Das ist Flo", machte Philipp uns bekannt. Wir gaben uns die Hände. „Habt ihr Bock, noch kurz aufs Klo zu verschwinden", fragte Steve und zwinkert mich verheißungsvoll an. „Ne, lass' erstmal reingehen. Da gibt's auch wirklich Toiletten. Bei den Klohäuschen da holst du dir ja direkt die Krätze", entgegnete ich. Kaum waren wir drinnen, liefen Philipp und Steve in Richtung Toilette. Ich steuerte stattdessen die Theke an und orderte drei Bier. Noch war der Laden verhältnismäßig leer, aber schon jetzt stand die Luft und es waren mindestens 35 Grad, was die Mädels und ein paar wenige Typen nicht davon abhielt, sich reichlich extrovertiert zu den Dancehalltracks zu bewegen. Ihre schweißfeuchten Körper glänzten im flackernden Discolicht. Ich schaute umher, um zu sehen, ob ich jemanden kannte, konnte aber niemanden erblicken. Als ich meinen Blick von der Tanzfläche abwendete und gelangweilt in die Gegend starrte, entdeckte ich am Ende der Theke eine absolute Granate. Blond, große Brüste, die sie gekonnt, aber nicht zu aufreizend einsetzte, ein golden glitzerndes Top und weiße Hotpants. Eingerahmt war sie natürlich von zwei durchtrainierten Kerlen, vermutlich irgendwelchen Sporthochschuldeppen, die angeregt auf sie einredeten und sich dabei mehr High-Fives gaben als Barney Stinson in den ersten vier Staffeln von *How I met your mother* zusammen eingefordert hatte. Mit großer Genugtuung sah ich den leicht genervten Blick in ihrem Gesicht, unterbrochen von einzelnen, gezwungenen Lachern. Während ich mir dieses Schauspiel ansah, blickte sie auf einmal zu mir herüber und unsere Blicke begegneten sich. Erschrocken wandte ich mich ab und blickte stumpf zur Decke. Idiot! Wie siehst Du aus? Starrst dämlich zur Decke und präsentierst ihr deine Nasenlöcher! Ich drehte meinen Kopf zurück. Die Schönheit sprach wieder mit ihren Gigolos, die sich nicht entblödeten, ein Armdrücken vor ihren Augen zu veranstalten. Selbstverständlich erst, nachdem sie beide die Ärmel ihrer ohnehin viel zu engen T-Shirts hochgekrempelt hatte. Was für Spasten! Als der eine von ihnen sich für seinen großartigen Sieg feiern ließ und ich gerade nach Philipp Ausschau halten wollte, blickte sie wieder zu mir rüber. Diesmal hielt ich stand und schaute ihr direkt in die Augen. Sie lächelte, strich sich mit der rechten Hand eine blonde Strähne aus dem Gesicht und wandte ihren Blick dann langsam wieder ab. Jackpot. Das war meine Gelegenheit. Aber zuerst musste ich mir noch etwas Mut antrinken. Da von Philipp und Steve weiterhin jede Spur fehlte, trank ich ihre beiden Kölsch. Als ich gerade Nachschub ordern wollte, kam mein Schulfreund endlich und stellte sich neben mich. Selbst in dem schummrigen Licht der Bar erkannte ich, dass seine Augen deutlich roter waren als noch vor zwanzig Minuten. Seine Pupillen tanzten umher. „Junge, was ist denn mit Dir los? Ist alles klar?", fragte ich. „Ja sicher. Ey der Steve. Ey huiii….". Ich starrte ihn verwirrt an. Philipp startete einen neuen Versuch, was nicht nötig gewesen wäre, da sein Zustand im Prinzip alles erklärte. „Ey

Steve, boah, so geil, ey, komm mit", sagte Philipp und zog an meinem Arm. Ich war versucht mitzugehen, um auf den Trip einzusteigen, dachte dann jedoch an die kleine Süße und wägte kurz ab, wie sie wohl reagieren würde, wenn ich vor ihr stände und: „Ey, boah, so geil, huiii", sagen würde. „Ja, danke Mann. Vielleicht später. Siehst Du die kleine Blonde da am Ende der Theke? Ich glaube, da könnte was gehen." Philipp reckte seinen zugedröhnten Kopf in die Höhe, und blickte wild um sich, was aussah wie ein Erdmännchen auf Crack. „Boah, echt? Geil. Junge. Und die Kerle?" – „Wird schon schiefgehen. Mehr als ‚nein‘ kann sie ja nicht sagen." Das klang nach mehr Selbstvertrauen, als ich eigentlich hatte. Momentan schlug mir das Herz schon bei dem Gedanken daran zu ihr zu gehen bis zum Hals. „Ja klar. Viel Erfolg. Ich… TANZEN", grölte Philipp und drehte sich um. Ich schaute seinen zuckenden Bewegungen hinterher, bis er unter den tanzenden Gästen verschwunden war. Ich bestellte ein weiteres Kölsch und einen Gin-Tonic. Während ich an dem Drink nuckelte und ein wenig Smalltalk mit einem Kerl neben mir führte, beobachtete ich die Szenerie zu meiner Linken. Inzwischen war ich mir vollkommen sicher, dass sie keinen Bock auf die zwei Muskelprotze hatte. Außerdem war ich angemessen betrunken. Mit einem Whiskey-Cola (für den Captain in mir) wartete ich auf meine Gelegenheit. Als die beiden Typen endlich kurz verschwunden waren, nahm ich all meinen Mut zusammen und machte mich auf den Weg. Natürlich hatte ich vorher bereits alle möglichen originellen und weniger originellen Sprüche zigmal in meinem Kopf umhergewälzt. Ich war aber zu dem Schluss gekommen, dass eine Frau wie sie, die zweifellos häufiger von Typen wie denen umgeben war, bereits jede erdenkliche Anmache über sich hatte ergehen lassen müssen. Ich musste mich also von dieser hirntoten Masse der scheinheiligen Originalitäten absetzen. Ehrlichkeit wäre eine mögliche Alternative gewesen. „Ich finde dich wirklich megageil und will dir auf der Stelle die Kleider vom Leib reißen, um dir meinen Schwanz in den Unterleib zu rammen", fand ich aber irgendwie zu plump. Also entschied ich mich für eine klassische Variante. Ich wollte ihr zeigen, dass ich ein höflicher Mann war, der wusste, wie eine junge Frau zu behandeln war. Mit leicht wankenden Beinen ging ich also herüber und stellte mich neben sie. Sie würdigte mich keines Blickes. Ich nahm all meinen Mut zusammen. „Hallo, ich bin Florian. Darf ich dir vielleicht etwas zu trinken ausgeben?" Sie drehte ihren Kopf. Unsere Blicke trafen sich. Nur diesmal war da kein Lächeln, sondern nur kalte Verachtung. Die Verachtung einer Frau, die wusste, dass sie sich alles nehmen konnte, wenn sie wollte und es als Beleidigung erachtete, wenn sich jemand, der ihrer nicht würdig war, erdreistete, ihr einen Drink anzubieten. Ich kam mir vor wie der dreckige alte Handwerker in einer Hafenspelunke, der die junge Prostituierte anflehte, wenigstens das Geld von ihm zu nehmen, um ihm immerhin diese Aufmerksamkeit zu schenken. So langsam, wie sie mir den Kopf zugewandt hatte, so langsam drehte sie ihn wieder weg. Ich war unfähig mich zu bewegen. Ich war enttäuscht. Gleichzeitig brodelte es in mir. Eine tiefe Wut stieg in mir auf und bahnte sich den Weg in meinen Kopf. Was erlaubte sich diese blöde Schlampe, mich wie den letzten Trottel hier abblitzen zu lassen, ohne wenigstens „Nein danke" zu sagen. Sie hatte mich

56

angelächelt. Da war ich mir absolut sicher. Und jetzt saß sie hier, blickte arrogant in der Gegend rum und wartete darauf, den nächsten Idioten anzulächeln, der sie von mir erlöste? Der Alkohol und die Wut enthemmten meine Zunge. „Sorry, ich dachte nur, du würdest dir gerne mal das Sperma von den Lippen spülen. Schönen Abend." Wenn man so etwas zu einer Frau sagt, gibt es vier Optionen: Entweder irgendjemand kriegt es mit und du kriegst direkt einen auf die Fresse. Oder nur sie hört es. In diesem Fall bleiben die Möglichkeiten a) Du kriegst eine Ohrfeige, b) Sie schüttet dir ihr Getränk ins Gesicht sowie Möglichkeit c) Sie verzichtet darauf, den flüssigen Inhalt ihres Getränks von seinem Behälter zu trennen und wirft dir direkt das ganze Glas ins Gesicht. Perplex starrte sie mich an. Ich bereitete mich auf ihren Angriff vor, war bereit unter Glas oder Hand abzutauchen. Ihr Blick veränderte sich. Zum ersten Mal sah sie mich wirklich an, sah mir tief in die Augen. Ihre Mundwinkel richteten sich nach oben und, ich konnte es kaum glauben, sie lachte. Lachte laut und ließ fast ihr Glas fallen. Ich war vollkommen überfordert. „Ok", japste sie, als sie sich langsam wieder einkriegte. „Also so wurde ich noch nie angesprochen. Du bist mutig. Gut, ich nehme einen Aperol-Spritz." Notiz an mich selbst: Scheiß auf Originalität oder höfliche Sprüche. Beleidige sie einfach und warte ab, was passiert.

Wir spulten den üblichen Small-Talk ab: Coole Party, seit wann lebst du in Köln, was machst du so und weitere Trivialitäten. Ich bemühte mich darum, eine vertretbare Balance zwischen Eindruck schinden und Ehrlichkeit herzustellen, was mir aufgrund langfristiger Übung keine großen Schwierigkeiten bereitete. Zwischendurch kamen die zwei Dumpfbrote angewackelt und schauten mich grimmig an. Also regelte ich die Angelegenheit, wie man sie unter Männern regelt. Ich gab eine Runde Bier aus, äußerte meine Bewunderung für ihre durchtrainierten Körper und fragte, wie sie die denn erreicht hätten. Ach, sie kämen von der Sporthochschule, das sei ja spannend. Obwohl doch die Aufnahmeprüfung da so schwer sei. Mit abgestandenem Bier und geschmeicheltem Ego zogen die narzisstischen Vollpfosten von dannen. Michele, so hieß die blonde Schönheit, erzählte mir von ihrem Studium (Grafikdesign) an der Medienhochschule, von ihrem Job in einer „Event and advertisement Agentur" und ihrem Traum, einmal das Bühnenbild für Lady Gaga zu designen. Sie war einfach toll. Nach zwei weiteren Drinks – es war inzwischen halb drei und der DJ hatte den Reggae und Dancehall Bereich zugunsten aktueller und ehemaliger Charts verlassen – fragte sie mich, ob ich nicht Lust hätte, mit ihr zu tanzen. Vorher wollte sie mir aber noch etwas zeigen. Gespannt ging ich hinter ihr her in Richtung Toilette. In Gedanken bereitete ich mich auf eine Toilettenquickie vor. Ich musterte ihren Arsch, der sanft hin- und herwogte und vernahm zufrieden, wie mein Schwanz anschwoll. Zu meiner Verblüffung bog sie kurz vor der Toilette rechts ab in eine der dunklen Ecken, wo Philipp und ich ab und an Trips einwarfen. Dort drehte sie sich um, blickte mir verheißungsvoll in die Augen, legte ihre Arme um meinen Hals und näherte sich mit ihrem Mund meinem Gesicht. Sie küsste mich auf die Lippen und öffnete ihren Mund. Ich tat es ihr gleich und wurde unangenehm überrascht. Anstelle der erwarteten Zunge drückte sie mir einen Fremdkörper in den

Mund. Er fühlte sich erst an wie ein Fisherman's Friend, und ich brauchte einen Augenblick, um zu kapieren, was gerade passierte. Der bittere, wohlbekannte Geschmack gab meinem Hirn den nötigen Kontext. Das kleine Biest hatte mir gerade ein Ecstasy verabreicht. Ich hätte sie nicht mehr lieben können. Wir tanzten, bis die Sonne aufging und das Stadtpalais dichtmachte. Anschließend fuhren wir zu mir und liebten uns innig. Bevor mir die Augen zufielen, betete ich, dass sie am nächsten Tag noch da wäre.

Verkatert wachte ich auf. Mein erster Gedanke war, dass sie, wie so viele vor ihr, einfach verschwunden war und ich sie nie wiedersehen würde. Mit dieser quälenden Gewissheit drehte ich meinen Kopf ängstlich auf die andere Seite und atmete erleichtert aus, als ich Micheles Kopf tief ins Kissen vergraben neben mir sah. Ich huschte leise aus dem Schlafzimmer, setzte Kaffee auf und sprang unter die Dusche. Nach der Dusche legte ich etwas von dem teuren Parfum auf, das meine Mutter mir zu Weihnachten geschenkt hatte, ging zurück in die Küche und bereitete das Frühstück vor. Dann scrollte ich durch die Nachrichten und wartete. Nachdem ich die aktuellen Meldungen gelesen hatte, ging ich über zum Wirtschaftsteil, anschließend zum Dossier. Mein Magen knurrte. Kurz bevor ich in meiner Verzweiflung die Sportnachrichten lesen wollte, entschied ich mich, ihr das Frühstück ans Bett zu bringen. Vielleicht etwas too much für das erste Date (wenn man einen – bis dato – One Night Stand nach einer Party Date nennen konnte), aber andererseits war sie es auf jeden Fall wert. Mit meinem Tablett wankte ich zur Schlafzimmertür, öffnete sie und ließ mich neben ihr auf der Bettkante nieder. Gott, wie schön sie war. Ich räusperte mich.

Keine Reaktion. Ich streichelte ihr zärtlich über den Arm. Ein missbilligendes Grunzen. Also schaltete ich das kleine Radio auf dem Nachttisch an. Endlich räkelte sie sich. „Guten Morgen. Möchtest du einen Kaffee?", fragte ich. Aus zusammengekniffenen Augen sah sie mich an. „Wie spät ist es?" – „Kurz nach drei. Ich habe auch ein paar Brötchen und Croissants." Langsam öffnete sie ihre Augen. „Ich esse morgens nichts." – „Naja, technisch gesehen ist es ja nicht mehr Morgen, sondern eher Nachmittag." – „Das ist egal. Ich nehme nur einen Kaffee." Also aß ich drei Croissants und zwei Brötchen, während sie einen Kaffee mit extra viel Zucker und Sahne trank. Am Morgen nach einem One Night Stand kommt es irgendwann zu der Situation, in der es darum geht, ob man sich eventuell noch einmal trifft oder den anderen lieber in der dunklen, eingestaubten Schublade „Verkehrsunfall infolge von Alkoholkonsum" einsortiert und hoffentlich nie, nie wiedersieht. Sofern dies in beidseitigem Einvernehmen erfolgt, ist das kein Problem. Auch kann die Situation sehr schnell entschieden werden, wenn du sie zum Beispiel mit dem falschen Namen ansprichst oder ihre Wohnung verlässt, während sie sich gerade im Bad frisch macht. Bei Michele wollte ich diesen Zeitpunkt möglichst lange hinauszögern, weil ich Angst davor hatte, dass sie sagen würde: „Es war echt superschön mit dir, aber ich habe im Moment megaviel zu tun und echt keine Zeit. Aber ich melde mich bei dir, ok?" Stattdessen fragte sie aber: „Und die Wohnung hier hast du echt mit dem Geld aus deiner Softwarefirma gekauft?" – „Ja", log ich nur noch halb so souverän wie am Abend zuvor. „Die ist echt schön." – „Du kannst sie dir gerne noch öfter anschauen", machte ich einen mutigen Vorstoß. Michele blickte mich an. „Ok, pass auf: Wie wäre es, wenn du mich einfach mal zum Essen einlädst, und wir schauen, was daraus wird?"

Ware Liebe

Und es wurde großartig! Am Dienstag lud ich Michele zu einem sündhaft teuren Italiener in der Südstadt ein. Wir verstanden uns prächtig. Zum Glück war sie nicht allzu interessiert an meiner kreativ, aber nicht vollkommen unrealistisch ausgeschmückten Arbeit und ich hörte stattdessen aufmerksam ihren Erlebnissen aus dem Studium und der Welt der Mode und des Designs zu. Ich verlor mich dabei in ihren tiefen blauen Augen und dem blonden, lockigen Haar. Wir trafen uns öfter. Unter der Woche gingen wir in Musicals, schicke Restaurants oder zu allerlei Ausstellungen. An den Wochenenden frequentierten wir die Elektroparties, die Köln zu bieten hatte. Ich stellte sie sogar Fetti und Philipp vor. Vor allem Philipp war so angetan von ihr, dass ich leichte Zweifel bekam, ob es die beste Idee gewesen war, die beiden miteinander bekannt zu machen. Ich beruhigte mich aber mit dem Gedanken, dass Philipp mir absolut treu ergeben war und Micheles und seine gemeinsamen Interessen in erster Linie wilden Partys und chemische Drogen galten. Ich spielte sogar mit dem Gedanken, sie meiner Mutter zu präsentieren, die mir seit ihrem Geburtstag pausenlos damit in den Ohren hing, wie es denn mit meiner Freundin liefe. Als ich es Michele vorschlug, war sie zunächst skeptisch, willigte dann aber in ein Abendessen ein. Meine Mutter war komplett aus dem Häuschen. Zu dem Abendessen zog Michele ein elegantes, schwarzes Etuikleid an, dessen eingearbeitete Palletten im Licht der Straßenlaternen funkelten. Dazu trug sie schwarze High-Heels und einen intensiven, roten Lippenstift.

Außerdem bestand sie darauf, dass ich, wenn schon keinen Anzug, dann doch immerhin Hemd und Krawatte tragen sollte. Widerwillig stimmte ich zu und ließ mir von ihr meinen einzigen Schlips anlegen. Als wir am Restaurant ankamen, wartete meine Mutter bereits vor der Tür. Ich stellte sie einander vor, und wir gingen ins Lokal. Während des Gesprächs hielt ich mich weitgehend zurück. Die Frauen sprachen ohnehin miteinander, als sei ich gar nicht da. Meine Mutter versuchte ein paar Anekdoten aus meiner Kindheit anzubringen, die sie für lustig hielt, Michele aber bestenfalls ein müdes Lächeln abringen konnten. Michele hingegen fragte meine Mutter darüber aus, ob ich schon immer so wenig darauf geachtet habe, wie ich mich kleide. Sie habe mir sogar die Krawatte binden müssen. Als die Karten kamen empfahl meine Mutter mir die hausgemachten Ravioli in Käse-Sahne Sauce. Michele war jedoch der Meinung, ich solle lieber den Putensalat versuchen. Er sei wesentlich gesünder und schmecke hervorragend. Kurz nach meinem Salat – ich hatte nicht erwartet, dass man für 34 Euro dermaßen wenig Salat bekommen würde – entschuldigte sich meine Mutter. Ihr sei nicht ganz wohl und sie wolle lieber nach Hause. Michele bemerkte, dass das wohl an der Käse-Sahne Sauce liegen könne. Ich zahlte die Rechnung, begleitete meine Mutter zu einem Taxi und freute mich, dass der Abend so entspannt verlaufen war.

Michele half mir auch mit der Einrichtung meiner Wohnung. Wobei es eher so lief, dass sie mir sagte, was wohin passen würde und ich es anschließend kaufte. Das war mir ganz recht so, schließlich hatte sie in diesem Bereich erwiesenermaßen mehr Ahnung als ich. Als Dank dafür lud ich Michele zu einer Shopping-Tour nach London ein. Erwartungsgemäß flippte sie fast aus, als ich ihr die Erste-Klasse-Tickets zeigte und fiel mir um den Hals, um mein Gesicht mit Küssen zu bedecken. „Dann habe ich auch eine Überraschung für dich", sagte sie. Und was das für eine Überraschung sein sollte! Bei strahlendem Sonnenschein waren wir in Heathrow gelandet. Wir bummelten durch die Stadt und spulten schnell das Touristenprogramm (Big Ben, Tower Bridge, St. Paul's Cathedral) ab, um anschließend zum eigentlichen Höhepunkt unserer Reise zu kommen. Ihr iPhone 5 in der Hand, navigierte Michele mich zielstrebig am Ufer der Themse entlang, dann über den Piccadilly Circus in die New Bond Street. Nach etwa zweihundert Metern gelangten wir zu einer unscheinbar wirkenden schwarzen Glasfassade, die sich über drei Gebäude erstreckte und in deren Glanz sich die Häuser der gegenüberliegenden Straßenseite spiegelten. In silbernen Lettern stand der Name dieses irdischen Garten Eden über dem Eingang: „Victoria's Secret". Michele zog mich an ihrer Hand in den Laden rein. „Aaalso", verkündete sie, den Kopf verführerisch auf die Seite gelegt und mit dem Zeigefinger der rechten Hand ihre Locken eindrehend, „weil du mich eingeladen hast, darfst du dir hier irgendetwas aussuchen und ich werde es heute Abend für dich tragen. Lass dir ruhig Zeit beim Aussuchen." Mit diesen Worten verschwand sie in den endlosen, künstlerisch zur Schau gestellten BHs, Corsagen und Dessous. Ich stand ziemlich dumm in der Gegend herum und fühlte mich so peinlich berührt, als wäre ich beim Pinkeln in der Nähe eines Spielplatzes erwischt worden. Ich akklimatisierte mich jedoch, als ich feststellte, dass ich offenbar nicht der einzige Kerl war, der seine Partnerin an dieses Bälleparadies verloren hatte und durchstreifte die

64

Kleiderreihen auf der Suche nach etwas, das mir gefiel, ohne zu wissen, was genau das jetzt war. Ich hoffte auf ein Latexkleidchen im Krankenschwesteroutfit, wurde aber enttäuscht. Auch an Polizistin oder Schulmädchen war nicht zu denken. Was sollte das? Wozu gab es denn nun diese ganzen Dessous? Doch wohl, um Kerle scharf zu machen, oder nicht? Und dann waren die Top-3 der gängigsten Pornooutfits nicht einmal vorhanden? Orientierungslos streifte ich durch die Gänge, schaute mir mal einen weißen BH mit schwarzer Spitze an, mal einen schwarzen BH mit weißer Spitze. Irgendwann wählte ich einen blauen BH, über den kunstvoll schwarze Spitze gelegt war. Ich schaute auf das Preisschild und schluckte. Ich musste das Premiummodell mit Platinbügel erwischt haben. Ich wollte ihn wieder weghängen, sah jedoch die Preise der daneben hängenden Brustverpackungen und entschied mich wieder um. Ich nahm den dazu passenden Tanga vom Ständer und machte mich auf die Suche nach Michele. Ich fand sie schließlich im Obergeschoss, den Arm voll von Unterwäsche in allen Formen und Farben. „Heeey, wie läuft es?", wollte sie wissen, „hast du schon etwas gefunden?" – „Ja, schau mal hier. Das gefällt mir echt gut." Ich sah wie ihre Gesichtszüge sich verzogen. „Dir nicht?" – „Also, blau ist wirklich nicht meine Farbe. Hatten die das nicht vielleicht so in weinrot? Und der BH ist zu groß. Du musst 75B für mich suchen." Ich dackelte wieder los. Tatsächlich fand ich das Modell in einem dunklen Rot. 75B war jedoch nicht zu finden. Die größte Größe, die sie hatten war 56G. Ich nahm das Gerät vom Haken. Da hätten bequem die Titten von Fettis Mutter kurz nach der Entbindung reingepasst. Ich wendete mich an die Verkäuferin, die mich ohnehin schon die ganze Zeit skeptisch von der Seite angeschaut hatte und ließ mich über das Größenverhältnis von

Damenunterwäsche in England und Deutschland aufklären. Die Verkäuferin gab mir die entsprechende Kombination aus BH und Tanga und ich ging wieder zurück zu meiner Freundin. Stolz überreichte ich ihr meine Trophäe. „Danke, Schatz", sagte sie, „ich gehe die mal eben anprobieren." – „Brauchst du Hilfe?", fragte ich hoffnungsvoll. „Du Spinner. Warte es ab. Du siehst es doch heute Abend. Vorfreude ist die schönste Freude." Ich setzte mich zu den anderen Kerlen, die gelangweilt auf ihren Handys rumtippten, vor die Kabinen. Ich wartete und wartete. Die anderen Typen sahen fix und fertig aus. Ich hoffte, dass ich kein ähnliches Bild abgab. Warum konnten die in diesen Läden nicht wenigstens Zeitschriften auslegen? Oder etwas zu trinken anbieten? Ich gestaltete diesen Gedanken in meinem Kopf etwas weiter aus. Wussten diese ganzen Frauenläden eigentlich, was da für ein verborgenes Potential lag? Man stelle sich das vor. Ein Geschäft mit dem ganzen Schnick-Schnack für Frauen. Und für die Kerle eine kleine, gemütliche Ecke, wo Drinks ausgeschenkt wurden, Zeitschriften lagen, der Fernseher lief oder Konsolen bereitstanden. Ich nahm mir vor, dieses revolutionäre Konzept irgendwann für sehr viel Geld an eine große Modekette zu verkaufen. Oder an IKEA. Nach einer halben Stunde kam Michele endlich aus der Umkleidekabine. Sie warf ein gewaltiges Knäuel einst säuberlich aufgehängter Unterwäsche in einen bereitstehenden Korb. Ein zweites, weitaus weniger zerrupftes Knäuel trug sie lächelnd zu mir. „Das nehme ich", sagte sie stolz. Ich nahm alles entgegen und ging zur Kasse, wo ich mein Vorhaben bar zu zahlen verwarf, als ich die Rechnungssumme auf der Kasse leuchten sah. Als wir nach zwei Stunden endlich aus dem Geschäft herauskamen, hatte es sich zugezogen, und es nieselte leicht. Weil der Regen stärker wurde, gingen wir etwas essen und dann endlich auf unser Hotelzimmer. Unglücklicherweise hatte Michele ihre Tage bekommen. Die Dessouspräsentation musste verschoben werden. Fix und fertig wie ich war, ergab ich mich meinem Schicksal und schlief ein.

Uschi 2

Kaum waren wir wieder in Köln-Bonn gelandet, vibrierte mein Handy pausenlos. Eine unbekannte Nummer hatte mich siebzehn Mal angerufen. Außerdem hatte ich vier Anrufe und drei Nachrichten von Philipp, der wissen wollte, wie ich den Abend verbringen würde. Als ich endlich wieder in meiner Wohnung war, rief ich die unbekannte Nummer zurück. „Hallo Florian, wie geht es dir?", meldete sich eine dunkle Frauenstimme. Ich versuchte sie einzuordnen, scheiterte jedoch. „Hi, ganz gut, danke. Du, ich habe ein neues Handy, weil ich mein altes verloren habe und die Nummern sind nicht mehr gespeichert…" – „Hier ist Uschi!" Augenblicklich wurde mir schwarz vor Augen und mein Magen schnürte sich zu. Ich fiel eher auf das Sofa, als dass ich mich setzte. Weil ich kein Wort hervorbrachte, fragte Uschi: „Hallo? Florian? Bist Du noch da?" – „Ja", gab ich mit trockener Kehle zu verstehen. „Schön. Pass auf, wir müssen uns treffen." – „Ähm, ja… also…" – „Es gibt ein Problem. Hast Du heute Abend Zeit?" – „Ja, schon. Was denn für ein Problem?" – „Ich glaube, es ist besser, wenn wir das direkt miteinander besprechen und nicht am Telefon. Um halb acht dann bei dem Italiener?" Es gab keinen Ausweg. Sie hatte mich immer noch in der Hand. Ich willigte also ein. Allerdings durfte der Abend auf keinen Fall verlaufen wie der letzte. Ich hatte inzwischen schließlich eine Freundin. Drogen waren keine Option. Ebenso wenig würde ich mich erneut zum Sex nötigen lassen. Wenn es hart auf hart kam, würde ich Uschi klarmachen müssen, dass ich nicht erpressbar war. Selbst wenn ich dafür in den Knast gehen würde! Wobei der Gedanke an eine kalte Gefängniszelle und unübersichtliche Großraumduschen meine Entschlossenheit schon wieder fundamental infrage stellte. Ich verabredete mich für 21.00 Uhr mit Philipp. Einerseits hatte ich so einen Vorwand, um vor Uschi abzuhauen, andererseits konnte ich Michele erzählen, ich hätte den Abend mit Philipp verbracht, sollte sie danach fragen. Um kurz vor acht betrat ich das Lokal. Ich machte Uschi in der hinteren Ecke des Raumes aus. Sie trug ein helles, weit geschnittenes Kleid mit viel Stoff. Ihr dünnes Haar war aufwendig frisiert, was ihm einen fast voluminösen Anschein verlieh. Uschi sah aus, wie ich sie in Erinnerung hatte. Eventuell war sie noch etwas fetter geworden, aber wer konnte schon sagen, welchen natürlichen Gewichtsschwankungen Dickhäuter unterlagen. Ich ging auf den Tisch zu und begrüßte sie, ohne mich für meine Verspätung zu entschuldigen. Das Treffen war mir lästig. Sie war mir lästig. Und ich hatte kein Interesse daran, dies vor ihr zu verbergen. „Hallo Florian", sagte sie, während sie auf die Pizzabrötchen auf dem Tisch deutete, „ich habe mir schon mal eine Kleinigkeit bestellt. Setz Dich doch." Mit keinem Wort hatte sie meine Verspätung erwähnt. Ich fühlte mich unwohl. Irgendetwas war anders, ohne dass ich sagen konnte, was es war. Ich setzte mich und schaute sie an. Der Duft der warmen Brötchen stieg mir in die Nase. Und dann merkte ich es. Der Geruch. Oder vielmehr: Kein Geruch. Ich konnte keinen abgestandenen Rauch wahrnehmen. Und dazu ihre Stimme. Deshalb hatte ich sie nicht direkt erkannt. „Sag mal, hast Du aufgehört zu rauchen?" fragte ich. „Ja", lächelte sie. „Cool. Und wie lange schon?" – „Och, ich glaube, so ungefähr sechs

Wochen nach unserem letzten Treffen." Im Kopf überschlug ich die Zeit. „Also seit fast zwei Monaten. Nicht schlecht. Und wie läuft es?" – „Bis auf die Übelkeit am Morgen besser als gedacht", antwortete sie. „Es geht wirklich gut, wenn man die passende Motivation hat." Während sie dies sagte, hatte sie ihren Blick starr auf mich gerichtet. Natürlich wollte sie, dass ich sie nach ihrer Motivation fragte, aber ehrlich gesagt interessierte es mich nicht, welcher verspastete Detlef sie zu einem Opfer seines Lifestyle-Programms gemacht hatte. Mein Maß an höflichem Small-Talk war ausgeschöpft. „Du hast gesagt, es gäbe ein Problem." Sie blickte mir direkt in die Augen, seufzte dann und sagte: „Ja. Aber lass uns erstmal etwas zu essen bestellen. Ich sterbe vor Hunger." Sie orderte ein Nudelgericht und eine Flasche Wasser. Ich wählte eine kleine Margarita und ein Kölsch. Wir aßen schweigend. Mit dem letzten Bissen Pizza war auch meine Geduld aufgebraucht. „Also, pass auf", sagte ich so selbstbewusst, wie es gerade ging, „ich bin um neun verabredet. Du wolltest mich sprechen, hier bin ich. Was willst du von mir?" Wieder schaute Uschi mich an. „Ich fürchte, dass das nicht ganz so einfach ist. Bei unserem letzten Date, da waren wir ja danach bei dir…" – „Ja, das war eine einmalige Sache und wird nicht wieder passieren!" – „Oh, keine Sorge. Es gibt nicht so wahnsinnig viele Frauen, die auf Freaks stehen, die sie beim Sex als Jabba the Hutt bezeichnen. Und ich gehöre nicht zu ihnen. Ich war auch nicht scharf darauf, dich unbedingt wiederzusehen." Das wollte erstmal verarbeitet werden. Da sagte mir dieser übergewichtige Golum doch tatsächlich, ich sei hier der Freak von uns beiden. Während ich noch damit beschäftigt war, diese Nuss zu knacken, sagte Uschi: „Ich bin schwanger."

Die Bong blubberte und gurgelte wohlwollend, während ich tief inhalierte. Selbst ohne das Gras glich meine Erinnerung an die letzte Stunde einem alten Film, der streckenweise schwarz angelaufen war. Der Kellner, der mir einen kalten Lappen auf die Stirn drückte, während ich auf dem Rücken lag. Uschi, die meine Beine hochhielt, die Toilettenschüssel, in die ich die gerade verzehrte Pizza erbrach. Mein taumelnder Gang zur Bahn. Haltestellen, die an mir vorbeizogen, bis ich schließlich bei Philipp auf der Couch saß und endlich diese Erlösung verheißende, gläserne Pfeife in den Händen hielt. Das Köpfchen gefüllt mit Pueblo Tabak und einer Übermenge Amnesia Haze. Ich betete, dass es wenigstens kurzzeitig sein Versprechen einhalten würde. Als ich ausatmete, verschwand Philipp hinter einer dichten Wand aus Nebel. Mein Körper sackte noch tiefer in das abgesessene Leder hinein. „Was ist denn los? Ist irgendwas mit Michele? Hat sie Schluss gemacht?" Er hatte keine Ahnung. Und wie gerne hätte ich ihn in diesem Zustand gelassen. „Uschi", stieß ich hervor. „Was?" – „Die Polizistin. Mit der ich mich treffen musste." – „Was ist mit der? Hat die sich wieder gemeldet? Oder hat sie dich doch angezeigt?" – „Nein." – „Was denn dann?" In der Stimme meines besten Freundes war echte Sorge hörbar. „Sie ist schwanger", brachte ich hervor. „Aber… ich dachte…." In Philips Mimik spiegelten sich seine Gedanken, die sich schleppend langsam in seinem zugekifften Hirn zu der einen logischen Schlussfolgerung zusammenfanden. Die vollkommene Verständnislosigkeit wich einem wissenden

Stirnrunzeln mit offenstehendem Mund. Es dauerte einen Moment, bis Philipp die Sprache wiederfand. „Oh shit. Das ist ja krass. Und jetzt? Also, ich meine, will sie das Kind kriegen?" – „Ja." – „Und du bist dir auch sicher, dass es von dir ist? Nicht, dass die dir da einen kleinen Bastard unterschieben will." – „Ja, bin ich." Ich war es eigentlich überhaupt nicht. Ich hätte ja nicht einmal sagen können, ob wir ein Gummi benutzt hatten oder nicht. Aber auf meine Nachfrage hatte Uschi nur bitter lächelnd geantwortet: „Glaub mir. Falls nicht, nehme ich dir gerne gleich hier ein bisschen Blut aus Deiner Nase ab und wir sehen, was dabei rauskommt." Das wollte ich auf keinen Fall. Die Frau hatte schon genug gegen mich in der Hand. Und außerdem: Wer wäre schon so blöd gewesen, dieses fette Walross zu ficken? Und auch noch zu schwängern! Abgesehen von mir, natürlich. „Und was wollte sie von dir?" Uschi hatte mir alles haarklein dargelegt. Aufgrund ihrer Schwangerschaft durfte sie nicht mehr in den Außendienst. Im Büro konnte sie aber auch nicht dauerhaft arbeiten – der Rücken. Folglich arbeitete sie gar nicht mehr, was bedeutete, dass sie finanzielle Einbußen zu verschmerzen hatte. An dieser Stelle kam ich ins Spiel. Uschi war aufgrund meiner Wohnung offensichtlich der Ansicht, ich müsse einigermaßen vermögend sein. Als ich ihr gesagt hatte, dass das nicht so sei und ich kein Geld für sie und ihr Kind hätte, war sie plötzlich ausfallend geworden. Hatte mich angeschrien, dass ich mir das hätte überlegen sollen, bevor ich sie geschwängert hätte, und außerdem sei es nicht nur ihr Kind, sondern ebenso meines. Zwanzig schmale Augenpaare von den Tischen um uns herum verliehen ihrer Argumentation Nachdruck. Ein paar Kerle sahen mich mit einer Mischung aus Mitleid und Verachtung an. Bei zweien meinte ich sehnsüchtige Lüsternheit zu erkennen. Ich hatte keine Ahnung, wie ich diesem Dilemma entfliehen sollte, hielt es aber für angebracht, erstmal meine Klappe zu halten. „Naja, vielleicht hat es ja auch etwas Gutes", riss Philipp mich aus meinen Gedanken. „Hä? Bist du bescheuert? Was soll denn das Gutes haben? Da ist eine 150 Kilo schwere Seekuh, die von mir schwanger ist und meine Kohle will! Wieviel Gutes soll da bitte dran sein?" – „Pass auf. Du hast schon früher immer gesagt, dass du irgendwann mal Kinder haben willst…" – „Ja aber doch nicht von der!" – „Lass mich doch erstmal ausreden. Also, du hast da jetzt also eine Frau, die dein Kind gebärt. Gleichzeitig hast du Michele mit ihrem superheißen Körper, die kein Kind kriegen muss. Das ist doch ein Vorteil. Ich meine, so schön straff wär' die nach ner Schwangerschaft ja nicht mehr. Frag deine Mutter." Den letzten Satz sagte er mit einem versuchten Grinsen. Tatsächlich erinnerte sein Vortrag mich an das nächste kaum lösbare Problem. Wie um alles in der Welt sollte ich das Michele beibringen? Ich meine, dass ich vor ihr andere Frauen hatte – ok. Dass da die ein oder andere, sagen wir einmal, „zweite Wahl" dabei gewesen war – vertretbar. Aber dass da eine 150 Kilogramm schwere, Sex erpressende Polizistin umherlief, die die Mutter meines zukünftigen Kindes sein sollte – allein bei der Vorstellung schnürte sich mir der Magen zusammen. „Und was hast du jetzt vor?", fragte Philipp zum ungefähr zehnten Mal. Als ob ich das jetzt besser gewusst hätte, als eine halbe Minute zuvor. „Keine Ahnung. Was soll ich machen? Meine Geldreserven sind so gut wie aufgebraucht. Die letzten Monate waren nicht unbedingt günstig." In meinem Kopf bilanzierte ich schicke Abendessen mit Michele, Musicalbesuche, Ausflüge zum Shopping und natürlich unsere kleine voyage d'amour nach London. „Wie wäre es denn mit nem Job?", schlug Philipp vor. Ich schaute ihn an. Dieser miese Penner hatte genauso viel Lust zu arbeiten wie ich, vögelte mindestens genauso viele Frauen und konsumierte mindestens dieselbe Menge an berauschenden Stoffen. Und jetzt sollte ich mir von ihm Ratschläge anhören, wie ich mein Leben organisieren sollte? Der einzige Unterschied zwischen uns beiden war, dass er nicht von einer übergewichtigen Qualle/Krake/Jabba The Hutt erpresst und vergewaltigt worden war. „Ich meine ja nur", ergänzte er, als Reaktion auf meinen vernichtenden Blick. „Und was ist mit deiner Wohnung? Da könntest du doch was sparen. Nimm dir einen Mitbewohner." Die unangenehme Vorstellung fing an, konkretere Züge anzunehmen. „Das reicht nicht", seufzte ich, „da müsste ich trotzdem noch was drauflegen." – „Und was ist, wenn sie einfach bei dir einzieht? Also als WG meine ich." Mir wurde übel. Einerseits, weil allein der Gedanke daran meine geliebte Wohnung mit Uschi teilen zu müssen, wie ein übler Scherz wirkte, andererseits, weil mir in meinem betäubten Schädel klar wurde, dass das der wahrscheinlich vernünftigste Vorschlag war, den ich von ihm zu hören kriegen konnte.

Am nächsten Tag rief ich Uschi an. Sie war von der Idee nicht begeistert, sah aber auch die unbestreitbaren Vorteile und willigte ein, unter einer Bedingung: „Den Umzug musst du organisieren!" Ich stellte mir ihre riesige, durchgelegene Couch vor, die riesige Bonbonschüssel neben einem riesigen

Berg von Schokolade. Das Bett unterstützt durch Stahlträger, die cartoonhaft durchgebogen waren. Keine zwei Wochen später standen Jörg, Fetti und ich vor Uschis Tür. Jörg hatte zunächst protestiert, er wolle unter keinen Umständen „so einer Bulettenprinzessin" die Möbel schleppen. Ich erklärte ihm, dass er nicht ganz unschuldig an meiner Lage sei, schließlich habe er mir die beschissenen Pilze angedreht, was er mit einem Achselzucken quittierte: „Hab ich dich etwa gezwungen die zu nehmen? Das hast du schon selbst zu verantworten." Aus Solidarität mit einem leidenden Freund war er trotzdem mitgekommen. Zu meiner großen Überraschung war Uschis kleine Zweizimmerwohnung in der Innenstadt geschmackvoll und aufgeräumt. Im Wohnzimmer stand ein antik aussehendes Bücherregal mit etlichen Kriminalromanen und eine gemütliche, offensichtlich nicht durchgesessene Couch aus dunklem Leder, über der eine große Stehlampe hing. Das Bett (ohne Stahlträger) war im Landhausstil, und in der professionell eingerichteten Küche hatte Uschi belegte Brötchen und sogar Chili vorbereitet. Lediglich die Schale mit den Bonbons fügte sich leidlich in mein von Vorurteilen behaftetes Bild. Meine Freunde griffen gierig zu und hatten, bevor sie auch nur einen Finger gekrümmt hatten, bereits zwei Mettbrötchen, eine Frikadelle, zwei Flaschen Kölsch sowie die gesamten Süßigkeiten verdrückt. Ich begann die Bücher in die bereitstehenden Kartons zu packen. Zehn Stunden später standen wir endlich in meiner Wohnung. Uschis Möbel waren, so gut es ging, im „Kinderzimmer" (welch grausame Ironie des Schicksals) aufgebaut. Die Kartons standen noch im Flur herum, um nach und nach ausgeräumt zu werden. Fetti und Jörg waren bereits abgehauen, und ich rückte erschöpft die Kartons zur Seite, als plötzlich Michele in der Tür stand. Irgendwie hatte ich es in den letzten beiden Wochen hingekriegt, das Thema totzuschweigen, beziehungsweise hatte ich es nicht hingekriegt, ihr von meiner unverhofft künftigen Vaterschaft zu erzählen. „Hi Schatz", säuselte sie, „was ist denn hier los?" Hinter mir hörte ich Uschi kommen. Ich war wie erstarrt. Mein Mund stand offen, ohne dass ein Ton herauskam. Micheles Blick traf den von Uschi, die ohne zu zögern einen Schritt auf meine Freundin zuging, ihr die fleischige Pranke entgegenstreckte und verkündete: „Hi, ich bin die Uschi. Florians Cousine. Ich bin gerade ganz blöd aus meiner Wohnung geflogen, und Florian war so lieb, mich erstmal hier wohnen zu lassen. Du bist bestimmt Michele, oder? Florian hat mir schon viel von dir erzählt." Ich war komplett K.O. Michele lächelte unsicher, ließ ihre Hand von Uschi schütteln und entgegnete: „Hi. Also, davon wusste ich ja gar nichts. Wieso hast du mir das nicht erzählt, Florian?" – „Ich habe ihn damit gestern Abend etwas überfallen, weil mein Bruder, wo ich eigentlich hinwollte, krank geworden ist. Und ich war echt froh, so einen Cousin wie Flo zu haben", grätschte Uschi dazwischen. Michele hatte sich wieder gefangen. „Ja, voll cool, dass ich dich kennenlerne. Also, ich wollte heute noch auf eine Party und wollte fragen, ob du, oder ihr, nicht mitwollt." Endlich konnte ich meinen Kiefer wieder bewegen. „Das würde ich echt gerne, Schatz, aber ich bin mega kaputt heute! Und wir müssen noch ein bisschen was auspacken. Aber wie wäre es, wenn ich dich morgen zum Essen einlade?" Michele strahlte. „Ja ok, cool. Also ihr habt ja auch echt noch viel zu tun, wie es aussieht. Aber, Uschi, wir müssen unbedingt mal was zusammen machen!" – „Ja klar, gerne."

Die Tür fiel ins Schloss und ich auf das im Flur stehende Sofa. Uschi stand vor mir und hob ihre linke Augenbraue. „Süßes Mädchen." – „Danke." – „Das war Ironie." – „Was?" – „Schon gut. Mir ist ziemlich egal, für wen du gerade den Sugardaddy spielst. Du musst mir nur eine Sache versprechen: Bewahre mich davor, jemals was mit ihr machen zu müssen!" – „Ähm, ja, ok. Aber wieso? Also nicht, dass ich das jetzt wollen würde. Aber ihr habt euch doch gerade gut verstanden." Uschi zog die Stirn in Falten. „Puh, ich war nur höflich, leider fehlt mir in solchen Situationen der Schwanz, um zu denken." Diese Beleidigung überhörte ich. Ich war immer noch viel zu erleichtert, dass sich das Problem mit Michele innerhalb von gerade einmal zwei Minuten in Luft aufgelöst hatte. Und außerdem: Was wusste Uschi schon von Frauen. Das war doch purer Neid!

Mein Leben und Uschi

Die folgenden Wochen verliefen erstaunlich ruhig. Entgegen meinen Befürchtungen erwies sich Uschi als angenehme WG-Partnerin. Wenn ich aufwachte, war sie bereits verschwunden. Abends, wenn sie zurückkam, war ich in der Regel bei Michele oder mit den Jungs unterwegs und wenn ich nach Hause kam, lag ein ungewohnter Geruch in der Luft. Nicht der Gestank, den ich aus Uschis Büro kannte. Tatsächlich hatte sie mich, nach kurzem, zwecklosem Protest, genötigt, meine Kippen auf dem Balkon zu rauchen, was dem Raumklima überraschend guttat. Dazu zog der Duft von frisch gekochtem Essen aus der Küche durch die Wohnung. Es fühlte sich fast ein bisschen so an wie früher, wenn ich abends nach Hause kam und meine Mutter am Herd das Abendessen zubereitete. Nur dass die Frau in der Küche jetzt gefühlte 100 Kilo mehr wog als meine Mutter und zudem die Mutter meines zukünftigen Kindes war. Diese ganze Angelegenheit blendete ich, so gut es ging, aus, und Uschi vermied es, mich darauf anzusprechen, sei es, weil sie mein Unbehagen wahrnahm, sei es, weil sie mich für den inkompetenten Gesprächspartner in derlei Dingen hielt, der ich zweifellos war. An einem der Abende Mitte Oktober, die für den Herbst viel zu warm waren, aber durch die Blätter auf den Straßen unmissverständlich klarmachten, dass der Sommer vorbei war, saß ich am Küchentisch und aß von den Spaghetti Bolognese, die Uschi zubereitet hatte, als sie in die Küche kam. „Guten Appetit", sagte sie. „Danke." – „Wie war dein Tag?" – „Gut, danke", erwiderte ich skeptisch. Diese Art

Small-Talk war ich mit Uschi nicht gewohnt. „Was gibt's?",
fragte ich. „Also, da war so ein Typ von den Stadtwerken da
heute. Der meinte, dass der Strom nicht bezahlt wurde. Ich
habe ihm gesagt, dass das ein Irrtum sein muss, aber er war
sich sehr sicher." – „Hmm… Vielleicht habe ich das
vergessen", sagte ich und dachte an den Stapel ungeöffneter
Rechnungen und Mahnungen auf der Heizung in meinem
Zimmer. Uschi schaute mich an. „Sag mal, womit verdienst
du eigentlich das Geld, um dir diese Wohnung hier leisten zu
können? Ich meine, ich sehe dich nie arbeiten und diese
Wohnung ist ja bestimmt nicht gerade billig." Derlei
Konversation hatte ich schon unzählige Male geführt und
hatte mir die Erklärungen für jegliche Gesprächspartnerinnen
zurechtgelegt: Die souverän-weltmännische Erklärung für
betrunkene Erstsemesterinnen, die abgefuckt-gleichgültige
Erklärung für alternative Kifferinnen, die „ich-habe-keine-
Ahnung-von-Computern-aber-will-nicht-so-alt-wirken-wie-
ich-bin" Erklärung für Frauen im Alter meiner Mutter. Wem
ich meinen „Beruf" niemals erklärt hatte, waren 150-Kilo
Frauen, die ich geschwängert hatte und besorgt waren, dass
der Strom abgeschaltet werden könnte. „Ich habe ein Spiel
entwickelt", versuchte ich es. „Du programmierst also?",
fragte Uschi. „Ja. Ich besitze die Lizenzen. Und jedes Mal,
wenn sich jemand das Spiel runterlädt, verdiene ich daran." –
„Wow", sagte Uschi, ehrlich beeindruckt, „das hatte ich nicht
erwartet. Ehrlich gesagt dachte ich, du hättest reich geerbt
oder so. Was ist das denn für ein Spiel?" – „Ein Strategiespiel.
Es geht darum, eine Bombe zu entschärfen, indem man Rätsel
löst. Und je besser man wird, desto schwie…" – „Warte mal,
du willst mir doch nicht gerade erzählen, dass du Bomb

Squads erfunden hast, oder?" Ich war perplex. „Du kennst das?" – „Was? Ja klar! Das war mein absolutes Lieblingsspiel! Ich habe mir letztes Jahr sogar nochmal mein altes Nokia 5220 über ebay Kleinanzeigen geholt, damit ich das spielen kann. Ich liebe Bomb Squads!" In meine Überraschung mischte sich das ungewohnte Gefühl von Stolz. Uschi lächelte mich an. „Ich habe immer darauf gewartet, dass endlich mal ein zweiter Teil rauskommt. Ich kann gar nicht glauben, dass ich dem Entwickler von Bomb Squads gegenüberstehe", sagte sie und fügte an ihren massigen Bauch gerichtet an: „Hast du das gehört, er könnte doch zu etwas zu gebrauchen sein." Dabei lächelte sie mir zu und kniff ein Auge zusammen. Ich war verlegen. „Das mit dem zweiten Teil wird leider nichts", gestand ich, „Bomb Squads läuft nicht auf Smartphones und inzwischen kennt es eh keiner mehr. Wenn es mal jemand runterlädt, dann solche Nerds wie du." Wir schwiegen uns an. Natürlich wusste Uschi jetzt, wie es um meine Finanzen bestellt war, aber das wäre früher oder später eh rausgekommen. „Aber programmieren kannst du?", brach Uschi die Stille. „Programmieren wäre übertrieben. Ich kann ein bisschen mehr als der Durchschnitt. Ich habe halt im Moment nur keine guten Ideen." – „Ok", sagte Uschi, „dann lass es dir mal noch schmecken, Herr Chefentwickler. Ich glaube, die Kleine hier (ihre Geste Richtung Bauch ließ die Bezeichnung „klein" paradox erscheinen) muss mal langsam ins Bett." Tatsächlich war noch gar nicht klar, ob es ein Junge oder ein Mädchen werden würde. Offensichtlich „lag" das Baby nicht richtig oder die entscheidenden Stellen wurden von einem Fettlappen überdeckt. Ich hatte es bisher erfolgreich vermieden, Uschi zu ihren Arztbesuchen zu begleiten, war aber trotzdem neugierig, ob ich einen Sohn oder eine Tochter bekommen würde. Uschi wankte durch die Küchentür und pfiff die polyphone Siegmelodie des Spiels, das ich mit vierzehn Jahren in meinem Kinderzimmer entwickelt hatte.

Am darauffolgenden Freitag stand eine GOA-Party im Grüngürtel an. GOA-Partys fanden eigentlich fast immer draußen statt und möglichst fernab der Zivilisation. Das hatte verschiedene Gründe: Einerseits ließ sich der musikalische Mehrwert dieser psychedelischen Technomusik nur einem ausgewählten Publikum erschließen. Dafür wurde sie aber so laut gespielt, dass man in einem Umkreis von drei bis vier Kilometern den Eindruck gewinnen konnte, die Russen stünden unmittelbar vor der Grenze der Stadt. Andererseits wurden die Partys weder angemeldet, noch genehmigt oder beworben. Ihre Bekanntmachung erfolgte über Mundpropaganda und private Nachrichten in sozialen Netzwerken. Das hing damit zusammen, dass auf GOA-Partys so ziemlich jede chemische Droge anzutreffen war, die man finden konnte. Verantwortungsbewusste Organisatoren sorgten daher hin und wieder dafür, dass Wasser und etwas zu essen bereitstand, falls der Körper eines Teilnehmers dem Dauerfeuer aus Uppers, Downers, Beats und Bewegung nachgab und kollabierte. Das Publikum bestand aus 70 bis 150 Leuten, die nicht viel jünger als 23 und nicht älter als 35 waren (bis auf ein paar hängengebliebene Creeps). Die Location wurde aufwändig mit Licht und Leuchteffekten geschmückt. Die Gäste kamen in schrillen Farben, gerne verkleidet als Fabelwesen aus einer anderen Dimension, mit leuchtenden

Hörnern oder neonfarbenen Bemalungen. Andere trugen Haremshosen, dazu enge Oberteile und meterlange Dreads, die mit sich selbst zu einem Zopf verknotet waren. Als Accessoires dienten leuchtende Jonglierbälle, Knicklichter, Hüpfbälle oder Gummipuppen im Fetischoutfit. Die gesamte Szenerie sah aus wie der Realität gewordene Alptraum eines J.R.R. Tolkien auf LSD. Kurzum: Es war die perfekte Party für Philipp, Jörg, Michele und mich. Philipp hatte wieder Steven im Schlepptau, der hier in seiner freakigen Art kaum auffiel. Die Party fand jenseits des Militärrings, zwischen Luxemburger Straße und Kalscheurer Weiher statt, irgendwo im Nirgendwo zwischen Autobahn und Zuggleisen. Es war immer noch viel zu warm für die Jahreszeit. Lediglich die beleuchteten Kürbisköpfe erinnerten daran, dass schon lange Herbst war. Selbst jetzt, um halb sieben, konnte man es in T-Shirt und kurzer Hose draußen aushalten. In der Abendluft hing der Geruch von Holzkohle, Dope, Grillwürstchen und Dieselabgasen, die den beiden Generatoren entstiegen, die die beeindruckende Soundanlage mit Strom versorgten. Als wir ankamen dämmerte es bereits. Auf der „Tanzfläche" (ein unregelmäßiger Kreis auf der Wiese am Waldrand, wo das Gras gemäht worden war) stampften erst ein paar wenige Gäste zu den noch seichten Beats, die Köpfe wahlweise in den Nacken gelegt, oder nach vorne hängend, die Augen geschlossen. Die meisten saßen noch auf den herumliegenden Baumstämmen oder auf großen, ausgebreiteten Decken. Steven, in Spendierlaune, warf Jörg und mir ein kleines Tütchen Gras zu, das er, offensichtlich von Hand, mit einem krakeligen Smiley versehen hatte. Was für ein Pfosten! Michele war erwartungsgemäß total aufgedreht und konnte es kaum erwarten, endlich mit Philipp und Steven Trips zu ballern. Eine halbe Stunde später schaute ich ihren atemberaubenden Hotpants hinterher, die in Richtung der tanzenden Freaks davonwackelten. Ich blieb mit Jörg im Gras sitzen, saugte an meinem Bier und genoss den dicken Joint. „Hast du es ihr schon gesagt?", fragte Jörg, meinen Blicken folgend. „Wie denn?", gab ich zurück und holte tief Luft. „Sie glaubt immer noch, dass Uschi meine Cousine ist." Jörg spürte mein Unbehagen. „Wer ist eigentlich dieser Steven?", fragte er. „Keine Ahnung. Philipp hat den angeschleppt. Ist irgendwie ein ziemlicher Freak." Aus der Entfernung beobachteten wir, wie Michele mit den beiden Jungs ekstatisch tanzte. Mein Handy riss mich aus dem fesselnden Anblick ihres wogenden Körpers. Ich schaute auf das Display. Drei Nachrichten von Uschi. „Wenn man vom Teufel spricht", murmelte ich und öffnete die WhatsApp Nachrichten. „Bin in der Uniklinik." – „Irgendwas mit dem Kreislauf." – „Werde noch untersucht." Ich spürte das Blut aus meinem Kopf fließen. Kein „Wo bist du?", kein „Komm vorbei!" und kein „Ich brauche Hilfe." Trotzdem fühlte ich mich verpflichtet und vollkommen fehl am Platze. Ich wollte jetzt nicht mehr hier sein, inmitten der feiernden Junkies. Ich wollte ins Krankenhaus. Ich wollte wissen, was los war. „Alles in Ordnung?", fragte Jörg. „Nein. Uschi ist im Krankenhaus. Ich muss dahin." – „Du meinst wohl eher im Krakenhaus", verkündete Jörg dämlich grinsend. Unter meinem grimmigen Blick fasste er sich aber direkt wieder und sagte: „Sorry. Ist es was Schlimmes? Soll ich Michele Bescheid sagen?" – „Ne, schon gut. Das mache ich selbst. Wir sehen uns morgen!" Mit diesen Worten stand ich auf und ging in Richtung der Musik. Als Michele mich entdeckte, fiel sie mir um den Hals, ihre Augen schauten mich glasig an. Ich hatte Mühe, die Musik zu überbrüllen, aber es gelang mir schließlich, ihr zu sagen, dass ich zu meiner Cousine ins Krankenhaus müsse. Sie schaute mich beleidigt an. „Tut mir leid. Dafür gehen wir morgen Abend schön essen", versprach ich und dachte mir: Oder wann immer du wieder runterkommst. Eine halbe Stunde später stieg ich in ein Taxi am Klettenbergpark und ließ mich zur Uniklinik bringen.

Ich war zwar nicht komplett verkleidet, hatte mir aber von Michele („Du siehst sonst voll alt aus.") ein paar bunte Muster ins Gesicht malen lassen. Zudem zeigte der Joint deutliche Wirkung. Ich betrat die Klinik und ging zum Empfang. Der dunkelhäutige, junge Kerl hinter dem Tresen betrachtete meine Bemalungen nur kurz. Wenn man in einer Stadt lebte, in der es zum guten Ton gehörte, gelegentlich als Pferd, Hund, Clown oder sonst was kostümiert herumzulaufen, kam man mit einem bekifften Weißbrot in Kriegsbemalung ganz gut zurecht. Ich fragte nach Uschi. „Sind sie verwandt?", wollte er wissen. „Nein. Sie ist, ähm, meine Mitbewohnerin", stotterte ich. „Es tut mir leid, aber dann darf ich sie leider nicht reinlassen." – „Also, sie ist schwanger… von mir." Ich erntete mitleidige Blicke. Offensichtlich war Uschi hier vorbeigekommen. „Ok, das sollte in Ordnung gehen. Warten sie mal einen Moment." Er klickte sich durch seinen Computer. „Also, Frau Wursnewski liegt in Zimmer 462. Sie gehen dort links zum Fahrstuhl, fahren in die vierte Etage, verlassen den Fahrstuhl auf der linken Seite und…" Eine der Nebenwirkungen des intensiven Konsums von Marihuana ist der vorübergehende Verlust des Kurzzeitgedächtnisses und damit der Fähigkeit, sich komplexe Zusammenhänge zu merken. Vor ein paar Jahren dachten Philipp und ich, es sei eine lustige Idee, in einem Maislabyrinth einen fetten Joint zu rauchen. War es nicht. Nach einer Viertelstunde hatten wir Durst. Eine Stunde später waren wir kurz vor der Verzweiflung, weil wir absolut nicht in der Lage waren zu erkennen, ob wir eine Stelle schon einmal gesehen hatten oder nicht. Vermutlich hätten wir die komplette Nacht in dem verfickten Labyrinth verbracht, wenn wir nicht irgendwann auf zwei kleine Mädchen gestoßen wären, denen wir gefolgt waren. Sehr zum Missfallen ihrer hysterischen Mütter, denen die Kinder erzählt hatten, sie seien im Labyrinth von zwei Männern verfolgt worden. Nur mit Mühe konnten wir den Betreiber des Freizeitparks, in dem sich das Labyrinth befand, davon überzeugen, nicht die Polizei zu rufen, sondern es bei einem lebenslangen Hausverbot zu belassen. Als ob ich jemals freiwillig in diese beschissene Maishölle zurückgekehrt wäre. Noch heute bekam ich Panikattacken, wenn sich nur jemand einen Maiskolben auf den Grill legte. Ich merkte mir also nur die 462, indem ich sie mantraartig durch meinen Kopf kreisen ließ und dass ich in den Aufzug musste. Tatsächlich schaffte ich es, mich durch Suchen und Fragen über die spöttischen Bemerkungen bis zur Zimmertür durchzukämpfen. Ich klopfte an und war irgendwie erleichtert, Uschis Stimme zu hören. Falls sie über mein Erscheinen überrascht war, ließ sie es sich nicht anmerken. „Nettes Make-Up", bemerkte sie stattdessen, „wenn du möchtest, leihe ich dir gerne ein paar Pumps und eine Federboa dazu. Ich hatte ja keine Ahnung, dass es so eine Party war, zu der du gehen wolltest." – „Haha. Was ist passiert?", wollte ich wissen. „Ach, nichts Dramatisches. Ich war mit Anita etwas essen und als ich aufgestanden bin, habe

ich keine Luft mehr bekommen, und mir ist schwarz vor Augen geworden. Anita hat direkt Panik gekriegt, einen Krankenwagen gerufen und bumms, bin ich hier." Sie sagte das mit einer Beiläufigkeit, als sei es das Normalste der Welt, nach dem Essen ohnmächtig zu werden. „Und das Kind?", fragte ich. „Die haben mich bis eben intensiv untersucht. Ich warte nur noch auf die Ergebnisse." Wie auf Kommando klopfte es dreimal laut an der Tür, bevor eine Ärztin in Begleitung von zwei Schwestern das Zimmer betrat. Ich trat einen Schritt zurück. „Guten Abend, Frau Wursnewski", sagte die Ärztin, „ich würde ihnen gerne die Untersuchungsergebnisse mitteilen." Dabei ließ sie ihren Blick prüfend von Uschi zu mir wandern. „Oh, das ist schon in Ordnung", sagte Uschi, „er ist, also, er…" – „Sind Sie der Vater?", unterbrach die Ärztin sie forsch. „Ähm, ja. Ja, bin ich", antwortete ich, mit einer Gefühlsmischung aus Scham und etwas anderem, dass ich nicht recht greifen konnte. Die Ärztin verdrehte die Augen (oder bildete ich mir das nur ein?) und wandte sich wieder Uschi zu. „Also, Sie hatten einen kleinen Kreislaufzusammenbruch, vermutlich infolge des Essens und der Temperaturen in Kombination mit Ihrer körperlichen Disposition. Dem Kind geht es gut. Ich muss Ihnen allerdings unbedingt und erneut ans Herz legen, an einer unserer Gruppen zur Schwangerschaftsgymnastik teilzunehmen!" Ich schaute Uschi fragend an. „Danke", sagte sie, „ich werde es mir überlegen." Die Ärztin fixierte mich bestimmend. Dann drehte sie sich um und verließ das Zimmer. Ich blickte Uschi in die Augen. „Och komm schon", sagte sie. „Hast du etwa Lust, Pärchen zu spielen und mit mir an so einem Hechelkurs teilzunehmen?" Darüber hatte ich nicht nachgedacht. Natürlich hatte ich keine Lust, mit Uschi zu so einem Kurs zu gehen. Aber das war mir gerade egal.
86

„Nein, aber offensichtlich ist es ja sinnvoll. Also mache ich es mit." Uschis sonst so abgeklärter Blick brach. Dann sagte sie leise: „Danke. Und danke, dass du vorbeigekommen bist. Ich hatte echt eine Scheißangst." Dabei wischte sie sich eine Träne weg, die gerade im Augenwinkel entstehen wollte. Um das verlegene Schweigen zu durchbrechen, antwortete ich: „Schon gut. Komm, ich bring dich nach Hause. Ich will noch deine Pumps anprobieren." Uschi lachte ihren letzten Schnäuzer weg und sagte: „Das war gelogen. Ich habe gar keine Pumps mehr. Wie soll denn das Aussehen? Ein Elefant in High-Heels?!" Als wir endlich wieder zu Hause waren, war es weit nach Mitternacht und ich war fix und fertig. Ich fiel ins Bett und schlief einen tiefen, traumlosen Schlaf.

Quinoa Break-up

Michele ging am nächsten Morgen nicht ans Telefon. In der Annahme, sie müsse noch ihren Rausch ausschlafen, erledigte ich ein paar Dinge und probierte es um 16.00 Uhr erneut. Zunächst hörte ich nur ein lautes, rhythmisches Wummern. Offensichtlich war sie noch auf der Party. „Michele?", brüllte ich in den Hörer. „Nein. Hier ist Steven", antwortete eine heisere Stimme. Ich war überrascht. „Michele ist gerade beim Tanzen. Ich sage ihr, dass du angerufen hast." Ohne, dass ich noch etwas sagen konnte, legte er auf. Ich überlegte kurz, zurück zu der Party zu fahren (sie würde bestimmt noch bis tief in die Nacht andauern) entschied mich aber dagegen. Um auf das Level der anderen zu kommen, müsste ich absolut Vollgas geben, und selbst dann würde es schwierig werden. Also zockte ich gelangweilt eine Runde *Call of Duty* und buchte für den nächsten Abend einen Tisch in der „Grünen Lilie", einem Restaurant, von dem ich wusste, dass Michele es unbedingt besuchen wollte. Als ich meine Freundin am Sonntagabend abholte, erschrak ich im ersten Moment. Trotz ihres Make-Ups waren die tiefen Ringe unter ihren blutangelaufenen Augen nicht zu übersehen. Ihr sonst so hübsches Gesicht wirkte fahl und die Haut an ihren Händen war ausgetrocknet. Sie trug ein kurzes, rotes Kleid, das merkwürdig elegant im Vergleich zu ihrer Gesamterscheinung wirkte, aber immerhin von ihrem zerstörten Gesicht ablenkte. „Wo warst du?", fragte sie zur Begrüßung. Ich erzählte ihr von Uschis Komplikationen. „Ja und? Sie war doch schon im Krankenhaus. Meinst du, du hättest da was ändern können? Bist du jetzt Arzt, oder was? Du hast mir gefehlt", sagte sie vorwurfsvoll. Ich war versucht einzuwenden, dass meine Abwesenheit ja wohl nicht so schlimm gewesen sei, schließlich hatte sie es geschafft auch noch zwei Tage weiter zu feiern und sich jede menschenerdenkliche Droge einzuverleiben, hielt es aber für angemessener deeskalierend zu wirken. Ich bestellte eine große Flasche Wein, die Michele innerhalb einer Viertelstunde zur Hälfte leerte und ließ die Karten kommen. Zu meiner Überraschung gab es keine normalen Speisen, sondern ausschließlich „Bowls", mit Namen wie Luna i' Bowl, Malaok Pak Bowl oder Poké Yum Bowl. Ich studierte die Inhalte und musste bemerken, dass ich offensichtlich die koreanisch-sprachige Speisekarte bekommen hatte. Also schielte ich rüber in Micheles Karte und stellte fest, dass auch sie eine falsche Karte hatte, im Unterschied zu mir aber souverän mit dem Finger durch die einzelnen Gerichte fuhr. Ich schaute wieder in meine Karte und fand tatsächlich eine Bowl mit „Chicken Chops", die ich bestellte. Bis das Essen kam, hatte Michele auch den Rest der Flasche geleert und ihr Gesicht nahm langsam aber sicher die Farbe des Rotweins an. Ich blickte nach unten. Auf dem Tisch stand eine mittelgroße Holzschüssel. Darin waren übereinander gestapelt merkwürdig aussehender Reis, einige Blätter Kohl mit allerlei Gemüse und oben drauf drei schmale Streifen Hühnerfleisch in Marinade. Ich war enttäuscht. Da ich aber einen Bärenhunger hatte, griff ich den Löffel und schaufelte beherzt eine große Portion Reis mit Gemüse in meinen Mund. Kaum hatte ich den Mund geschlossen, bereute ich meinen Eifer bereits. Die Körner waren hart, kalt, geschmacklos und staubtrocken. Ich bemühte mich zu kauen, kam mir aber vor wie eine Mühle, die die letzten Körner nur in noch kleinere, noch trocknere Partikel zermalmte. Verzweifelt griff ich nach der leeren Flasche Wein, in der Hoffnung einen letzten

Tropfen Flüssigkeit aus ihr herauszuquetschen, um der anhaltenden Dürre in meinem Gaumen Herr zu werden. Keine Chance. Inzwischen blickte Michele mich an. Der Reismehlklos hatte sich in meinem Mund zu einem festen Klumpen geformt. Ich musste ihn loswerden. Ich machte einen Schluckversuch. Der Kloß machte einen Satz nach hinten, wo er an mein Zäpfchen stieß. Ich würgte. Mein Gaumen weigerte sich schlicht, diesen trockenen Fremdkörper weiterzuleiten. Tränen schossen mir in die Augen, Schweiß brach aus mir heraus. Unter maximaler Anstrengung versuchte ich, erneut zu schlucken. Diesmal war es zuviel. Mein Zäpfchen schlug Alarm, mein Gaumen rebellierte. Mit einem lauten, keuchenden Husten befreite sich mein Körper von dem Eindringling und spuckte ihn in einem hohen Bogen aus. Der Kloß flog über meinen Trog, überbrückte den Tisch, streifte Micheles leeres Weinglas und wälzte sich über die Tischkante, wo er schließlich hinunterfiel und auf Micheles nacktem Oberschenkel landete. Mit einer Mischung aus Erleichterung und Scham griff ich die Serviette und wischte mir die Tränen aus den Augen. Als ich wieder einigermaßen klar sehen konnte, blickte ich in die roten, rasenden Augen von Michele. Kalte Verachtung schlug mir entgegen. „Entschuldigung", stammelte ich, „der, der Reis. Der ist nicht durch. Und der ist kalt." Micheles Blick wechselte von Verachtung in blinden Hass. „Das – ist – Qinoa!", zischte sie. Ich starrte dumm in ihr Gesicht. „Schi – No – Aaaa!", brüllte sie mich an, „das ist ein Super-Food. Jamie verwendet das jeden Tag!" Zu diesem Zeitpunkt tat mein Hirn das, was es öfter tat, wenn ich mich zu Unrecht einer schreienden Frau ausgesetzt sah: Es schaltete auf Stand-By und ließ mich ins Reich der Tagträume abgleiten. Ich sah Gott, der am siebten Tag gerade hart abchillte, nachdem er das

90

gesamte verdammte Universum in nur sechs Tagen erschaffen hatte. Mit seinen Homies Petrus und Saule a.k.a. Paulus haute er gerade den fünften fetten Kopf Gras aus seiner ätherischen Bong weg, während die leicht bekleideten, blonden Engel ihnen die süßesten Früchte auf ihren blanken Dekolletés servierten. Seinen Sohn hatte Gott raus in die Welt geschickt, weil der kleine Bastard tierisch nervte und ständig das Wasser in der Bong spaltete, wenn man gerade einen durchziehen wollte, was einem den übelsten Hustflash bescherte. Vermutlich lief er jetzt wieder irgendwo rum und ließ sich von seinen verkorksten Freunden an Kreuze nageln, bevor er (Überraschung!) wieder auferstand. Jedenfalls hing Gott nun also ziemlich breit da rum und hatte auf einmal einen krassen Fressflash. Da es mittlerweile schon nach Mitternacht war und selbst im Himmel die Tankstellen um 22.00 Uhr schlossen, war er gezwungen, noch einmal tätig zu werden. Also erschuf Gott am achten Tag das Food, und er sah, dass es super war. Dummerweise hatte Gott, breit wie er war, vergessen, seinem Super-Food Geschmack zu verleihen. Oder Flüssigkeit. Das war nicht weiter ein Problem, denn er hatte für solche Fälle immer noch seine Notfallsnickers im Schrank, die er heimlich essen konnte, wenn Petrus und Saule ihn gerade nicht beachteten, allerdings hatte er jetzt einen riesigen Berg seiner jüngsten Kreation rumliegen. Also sandte er den besten seiner Apostel, Jamie fucking Oliver aus, um das SuperFood unter die Leute zu bringen (Genesis 2.0 - Director's Cut). Ich wusste nicht genau, an welcher Stelle Micheles Schimpftirade in Depression umgeschlagen war, sah mich jetzt aber meiner hysterisch heulenden Freundin gegenüber, die darüber klagte, ich würde ihr nie zuhören und überhaupt würde ich sie gar nicht lieben. In Punkt eins war ich vermutlich zumindest teilweise schuldig im Sinne der Anklage (Danke an Kiffer-

Gott!). Punkt zwei konnte ich nicht im Entferntesten nachvollziehen. Wie hätte ich sie nicht lieben können? Und was hatte ich falsch gemacht, dass sie auf diesen Gedanken kam? Inzwischen waren etwa zehn neugierige Augenpaare von den umliegenden Tischen auf uns gerichtet. Ich streckte meine Hand aus, um Michele zu trösten. Die schlug sie weg und schrie: „Geh doch zu deiner scheiß Cousine und lass mich in Ruhe!", und stürmte aus dem Lokal. Ich schaute ihrem wohlgeformten Arsch hinterher. Was war nur los mit mir? Da war ich gerade in aller Öffentlichkeit beschimpft und gedemütigt worden und alles, woran ich dachte, war, noch einen Blick auf diesen perfekten Arsch zu werfen. Wenn das nicht Liebe war! Um mich herum war es totenstill. Ich schaute mich um und blickte in ein paar entsetzte Gesichter. Mitvierziger, die seit ihren Mitdreißigern nicht mehr gebumst worden waren und deren wöchentliches Highlight darin bestand, in irgendeinem verkackten Szenerestaurant Qinoascheiße aus Schalen zu fressen und sich über ihr langweiliges Leben mit ihren beschissenen Streberkindern auszutauschen. „Was?", brüllte ich den erstbesten Wichser an. „Hast du noch nie solche Geräusche von deiner Alten gehört?" Mit diesen Worten knallte ich siebzig Euro für den Wein und die kaum angerührten Futtertröge auf den Tisch und verließ den Laden, noch bevor mich der vollkommen überforderte, unterernährte Hipster-Kellner mit seinem fusseligen Veganerfickbart hinauskomplimentieren konnte. Super-Food, am Arsch! Frustriert ging ich zum nächsten Kiosk und kaufte mir vier Flaschen Dom-Kölsch, von denen ich eine direkt exte. Auf dem Heimweg trank ich die anderen drei Flaschen und rauchte eine halbe Schachtel Kippen. Eine knappe Stunde später schloss ich die Tür zu meiner Wohnung auf. Der Duft von überbackenem Käse schlug mir schon im

92

Flur entgegen. Ich ging zur Küche und öffnete die Tür. Uschi war gerade dabei, eine überdimensionale Lasagne aus dem Ofen zu hieven, was ihr aufgrund ihres gewaltigen Bauches sichtlich Schwierigkeiten bereitete. „Warte, ich mache das", sagte ich ohne Begrüßung. „Oh, hi. Danke. Ich habe dich gar nicht gehört", entgegnete Uschi. „Ich dachte, du hättest ein Date mit Michele." – „Ja, hatte ich," antwortete ich, nicht bereit, mir den gerade verdrängten Verlauf des Abends wieder in Erinnerung zu rufen. Uschi sah mich nur kurz an. „Hast du Hunger?" Und was ich für einen Hunger hatte! Ich konnte es kaum erwarten, diesen Traum aus Nudeln und Käse in mich hineinzuschaufeln. Zweimal verbrannte ich mir den Gaumen an dem kochend heißen Auflauf. Aber das war es wert. Nach dem Essen saß ich benommen auf dem Küchenstuhl und schlürfte an meiner Cola. Uschi saß mir gegenüber. „Ich wollte noch über etwas mit dir sprechen", sagte Uschi. Ich war zu kaputt, um irgendetwas einzuwenden. „Ich habe mit einem ehemaligen Kollegen gesprochen. Der war bis vor ein paar Jahren bei uns auf der Wache und hat nebenher immer viel am PC gezockt. Einmal hatte er sogar ein Disziplinarverfahren, weil er *Moorhuhn* umprogrammiert hat und auf Fotos aus der Verbrecherkartei geschossen hat, während er Zeugenaussagen aufgenommen hat. Naja, jedenfalls ist dieser Kollege vor ein paar Jahren zu ElectronicSoft gewechselt. Die waren damals gerade dabei, „Police Academy" zu entwickeln und wollten jemanden haben, der Ahnung von der Polizei hat und programmieren kann. Ich habe ihm erzählt, dass ich mit dem Entwickler von „BombSquads" zusammenwohne, und er war total begeistert und will dich unbedingt kennen lernen. Er hat mir seine Karte gegeben. Was du jetzt damit machst, ist deine Sache." Dabei schob sie mir ein schlichtes Visitenkärtchen zu. Ich nahm es, schaute es mir an und sagte: „Danke."

Anschließend trank ich noch zwei Flaschen Kölsch, ging ins Bett und bereitete dem Tag endlich ein Ende.

Bewerbungsgespräch

Am nächsten Morgen hätte ich Michele am liebsten angerufen und mich mit ihr getroffen, um den Abend vergessen zu machen. Aber ich fühlte mich nach wie vor zu Unrecht angegriffen. Also versuchte ich mich irgendwie abzulenken, drehte mir eine Tüte, surfte planlos durchs Internet und räumte die Wohnung auf. Als das alles nicht mehr half, fiel mein Blick auf die Visitenkarte, die Uschi mir gegeben hatte. Was hatte ich schon zu verlieren. Ich rief an und verabredete mit der netten Sekretärin einen Termin für den Nachmittag. ElectronicSoft hatte sich in einem der supermodernen Kranhäuser direkt am Rhein in der Altstadt-Süd eingebucht. Hier belegte das Unternehmen drei komplette Stockwerke. In meinem besten Hemd betrat ich das Gebäude um kurz vor vier und wurde von einem Concierge in eleganter, roter Uniform mit goldenem Namensschild (Lukas) empfangen, der mich fragte, wohin ich wolle. Mit einem Mal fühlte ich mich unangenehm underdressed, aber als ich ihm meinen Namen nannte und dass ich einen Termin bei Herrn Backhaus habe, begrüßte er mich, als hätte er nur auf mich gewartet und führte mich zum Aufzug. Dort drückte er auf die Zwölf und wünschte mir einen angenehmen Aufenthalt. Der Aufzug war mit einem dicken, weichen Teppich ausgelegt, der die leise Jazzmusik, die aus unsichtbaren Lautsprechern drang, perfekt dämpfte. Während ich mir im Spiegel den Kragen meines Hemdes zurechtrückte, fragte ich mich gerade, wann der Aufzug endlich losfahren würde, als die Türen aufglitten und mir den Weg in eine ausladende Lobby eröffneten, an deren

Ende hinter einem großen, weißen Empfangstresen eine umwerfend schöne Blondine stand. Neben dem Empfang verschwand eine breite Holztreppe in einem sanften Bogen in der Decke. Der Boden war bedeckt mit dunklem, teuren Eichenparkett. An den Wänden hingen gerahmte Gemälde der großen Spiele von ElectronicSoft: Eine üppige Amazone mit einer rauchenden Magnum in der Hand, ein futuristischer Soldat mit einer Hightech Waffe im Kampf mit einem furchterregenden Alien. Links und rechts vom Empfang lagen zwei überdimensionale, weiße Sitzkissen, auf denen bequem vier Leute gleichzeitig Platz gehabt hätten. Als ich den Tresen ansteuerte, kam die blonde Schönheit auf mich zu und sagte: „Guten Tag Herr Waldorf. Herr Backhaus wird sofort bei Ihnen sein. Nehmen Sie doch bitte so lange Platz. Darf ich Ihnen etwas zu trinken bringen?" Ich bestellte ein Wasser und ließ mich von einem der beiden Sitzkissen verschlucken. Kurze Zeit später kam Herr Backhaus die Treppe hinunter. Seine Asics Sneakers waren ebenso abgerockt wie seine Jeans. Unter dem T-Shirt (Superman-Symbol) wölbte sich ein leichter Bauch. Die Haare waren braun mit grauen Ansätzen und hingen strubbelig auf beiden Seiten des runden Gesichts herunter. Aus einem dichten Vollbart grinste mir ein breites Lächeln entgegen. Wieder fühlte ich mich falsch angezogen. „Hi Florian!", wurde ich begrüßt und schüttelte einen kräftigen Händedruck. „Ich bin Sascha. Cool, dass das so schnell geklappt hat. Ich freue mich echt, dich kennen zu lernen. Du kannst dir gar nicht vorstellen, wie viele Stunden ich früher mit BombSquads verbracht habe! Komm, ich führe dich rum. Willst du was trinken? Ach, du hast schon etwas. Hast du Hunger? Wir haben hier ein super Catering. Und

96

einen Automaten. Da kriegst du sogar Milka Tender. Immer, das ganze Jahr durch!" Ich kam gar nicht dazu etwas zu sagen. Herr Backhaus, Sascha, führte mich durch die Räume. Erzählte mir von den Anfängen, als ElectronicSoft gerade mal zwei Spiele auf dem Markt hatte, und von dem Aufstieg des Unternehmens zu einem der größten Spieleentwickler weltweit. Von seinem Einstieg und von PoliceAcademy. Er stellte mich den Mitarbeitern als „der Entwickler von BombSquads" vor. Einige ältere nickten anerkennend, während die jüngeren mich höflich anlächelten und ihre Blicke dann wieder auf ihre iMacs hefteten. Die meisten Angestellten saßen zu zweit in großen, hellen Büros. Einige waren in zwei Räumen, die leicht abgedunkelt waren und zockten an verschiedenen Konsolen. Zum Ende der Führung brachte Sascha mich in den „Aufenthaltsraum". Das war eine Mischung aus einem Gentlemen's Club der 20er Jahre und einer ultramodernen Spielhalle. Die Möbel waren aus dunklem Holz und mit dickem, gepolstertem Leder überzogen. Hinter der Bar reihten sich ausgewählte Flaschen mit Schnaps. Im Zentrum des Raumes stand ein Billardtisch, die Seiten waren gesäumt von Bildschirmen und allen erdenklichen Konsolen. Ein Asiate spielte gerade in einer Ecke Tennis gegen einen virtuellen Gegner. Sascha fischte zwei Flaschen Bier aus dem Kühlschrank, und wir ließen uns in die Sessel sinken. „Also, was denkst du?", fragte er mich lächelnd. Was sollte ich schon denken. Der Laden war der absolute Hammer. Ich war mir nur nicht sicher, was genau ich hier sollte. Weil ich zu lange überlegte, sagte Sascha: „Und du brauchst dir keine Sorgen wegen der Zeit zu machen. Wir haben hier eine Vertrauensarbeitszeit. Das heißt, du kannst so kommen und gehen, wie es dir passt. Ich habe zu Hause zwei Kinder. Ich weiß, dass es manchmal sehr stressig sein kann, Arbeit und Privatleben unter einen Hut zu kriegen." Ich fragte mich, wieviel genau Uschi Sascha erzählt hatte. „Ok", sagte ich vorsichtig, „also was genau soll ich hier machen? Was wollt ihr von mir?" Sascha lächelte. „Ist das nicht offensichtlich?" Ich starrte ihn an. „Wir wollen BombSquads!" Ich war baff. Ich hatte in den letzten Monaten maximal 2000 BombSquad Lizenzen verkauft, weltweit! Das Spiel war tot, kein Mensch kannte mehr BombSquads, und nun saß ich hier bei einem der größten Spieleentwickler und sie wollten mein Spiel haben. „Ich habe ein bisschen nachgeforscht", fuhr Sascha fort, „du hast die Lizenzen für BombSquads damals für zehn Jahre verkauft. Kein schlechter Deal, muss ich sagen. Hätte ich wahrscheinlich genauso gemacht. Man konnte ja nicht ahnen, was da mit dem iPhone auf einmal abging. Naja, jedenfalls laufen deine Verträge in ungefähr zwei Jahren aus. Das Spiel ist natürlich nicht mehr *state of the art*. Aber der Name, der ist Gold wert. Wir wollen, dass du mit uns zusammen eine neue Version von BombSquads entwickelst. Du hast die Ideen, wir haben die weltweit besten Grafiker und Spieleprogrammierer. Das Projekt wäre auf drei Jahre angelegt. Wenn du dabei bist, würden wir ein Release Ende 2016 planen. Also nochmal, was denkst du?" Ich war absolut überwältigt. Ich wusste nicht, was ich sagen sollte. Ich wollte das. Unbedingt! Ich wollte hier arbeiten. Ich wollte mein Spiel nochmal entwickeln, mit allen Ideen, die ich ständig hatte und aufgrund mangelnder Programmierfähigkeit nie umsetzen konnte. Ich kam nicht umhin, Sascha dumm anzugrinsen. „Ja", sagte ich, „ich bin dabei!" – „Großartig!" Sascha strahlte ehrliche Freude aus. „Ich wusste es, gleich als Uschi mir von dir erzählt hatte! Ich habe den Vertrag schon fertiggemacht. Er liegt unten bei Emma zur Unterschrift bereit. Lies ihn dir durch. Ich bin sicher, dass er dir zusagen wird. Falls aber irgendetwas unklar ist, können wir gerne nochmal darüber sprechen." Mit wankenden Knien ging ich die Treppe hinunter, wo Emma mich mit dem vorgefertigten Vertrag empfing. Ich überflog ihn. Er sagte mir zu. Und wie! Mit zittriger Hand nahm ich den schweren, silbernen Kugelschreiber, den Sascha mir reichte und setzte meine Unterschrift auf die letzte Seite. Im Hintergrund knallte ein Korken. Emma hielt Sascha und mir ein Tablett mit zwei Gläsern Champagner hin. „Herzlich willkommen bei ElectronicSoft!", sagte Sascha.

Euphorisiert stieg ich aus dem Aufzug, wo Lukas mich lächelnd in Empfang nahm. „Guten Tag, Herr Waldorf, ich hoffe Sie hatten einen angenehmen Aufenthalt. Ich wünsche Ihnen noch einen angenehmen Tag." Ich starrte ihn kurz an, dann sprang ich zu ihm rüber und drückte ihn mit beiden Armen fest an mich. Lukas zuckte kurz zusammen, fasste sich aber schnell und sagte: „Ich freue mich, dass Ihr Besuch bei ElectronicSoft offenbar erfreulich war." Ich grinste ihn an, wandte mich ab und ging die überdimensionierten Treppenstufen Richtung Rheinufer hinab. Gedanklich sah ich mich mit Lukas rumscherzen, wie die Protagonisten in irgendwelchen klischeebehafteten amerikanischen Filmen. Ich trat aus der Tür und fingerte mein Handy aus der Hosentasche. Es entglitt mir, und landete unsanft auf dem sandfarbenen Pflaster. Mit zittrigen Händen hob ich es auf, ohne den Schaden größer zu untersuchen. Ich wollte mein

Glück unbedingt mit jemandem teilen. Ich versuchte es bei Michele. Nach dem vierten Klingeln meldete sich ihre Mailbox: „Hii, hier ist Michele. Voll lieb, dass du anrufst, aber ich kann leider gerade nicht an mein Handy gehen. Sprich mir auf die Mailbox, dann rufe ich dich zurück." Michele hatte mich noch nie zurückgerufen. Trotzdem hinterließ ich ihr eine kurze Nachricht, während ich mich fragte, ob Michele es wohl auch „voll lieb" finden würde, wenn Hannibal Lecter bei ihr anriefe, um sie dazu zu überreden, sich das Gesicht mit einem Rasiermesser vom Schädel zu schneiden und es den Hunden zum Fraß vorzuwerfen. Anschließend versuchte ich es bei Philipp. Nach einer Ewigkeit (Philipp besitzt keine Mailbox, er würde sie ohnehin nicht abhören) meldete sich eine entfernt vertraute Stimme lallend. Ich hatte Schwierigkeiten ihn zu verstehen. „Ist alles in Ordnung bei dir?", fragte ich, nachdem ich von meinem neuen Job erzählt hatte. „Ja. Alles gut", murmelte Philipp, „ich bin nur kaputt. Wir haben gestern noch ein bisschen bei Steve abgehangen. Sollen wir was futtern?" Zwanzig Minuten später trafen wir uns vor dem Eingang des Taco Loco am Zülpicher Platz. „Heyheyhey", sagte Philipp, als er mich mit Augen, die sich konsequent dem Versuch widersetzten, sich weiter als nötig zu öffnen, erblickte. „Du hast Dich ja richtig in Schale geworfen." – „Danke gleichfalls", gab ich zurück und betrachtete den schwarzen Pulli, dessen Kapuze Philipps ungekämmtes Haar verbarg. „Dir ist schon klar, dass wir Sommer haben?" – „Jaja. Ich hatte gerade nichts Anderes da. Hast Du ne Kippe für mich?" Wir rauchten, ehe wir ins Lokal gingen. „Hast Du Michele schon von dem Job erzählt?", fragte Philipp. „Ne, ich habe sie noch nicht erreicht", antwortete ich. „Wir hatten gestern Stress und ich glaube, sie ist noch sauer auf mich." – „Warum?" Dieser glückliche Narr. Als ob das so einfach

wäre! „Keine Ahnung, irgendwas mit dem Essen." –
„Kommst Du am Freitag denn trotzdem mit?", fragte Philipp.
Ich blickte ihn an. „Wohin?" – „Na zu dieser 90er Party in der
Live. Da wollte Michele doch mit ihren Mädels hin. Steve und
ich sind auch dabei." Ich hatte keine Ahnung, wovon Philipp
redete. „Ähm ja, klar. Ich bin dabei", antwortete ich. „Dann
können wir mal ordentlich auf deinen neuen Job anstoßen",
verkündete Philipp schief grinsend. Dann schaute er sich um
und spielte mit der Cocktailkarte, die auf dem Tisch stand. Ich
merkte, dass er wegen irgendetwas nervös war. „Was ist los?",
fragte ich. „Also", setzte Philipp an, „ich bin im Moment
etwas knapp bei Kasse. Meinst du, jetzt mit deinem neuen Job
und so, dass du mir ein bisschen aushelfen könntest?" Ich
wunderte mich etwas darüber, dass Philipp pleite war,
immerhin zahlte er keine Mietkosten und seine Mutter ließ
ihm regelmäßig Geld aus dem Vermögen seines Vaters
zukommen, das sie so hoffnungsvoll als „BaFög"
bezeichnete, wie meine Mutter es mit dem „Kinderzimmer"
getan hatte. „Klar", antwortete ich, fischte die 100 Euro aus
meinem Portemonnaie, die ich gerade erst von meinem
überzogenen Konto abgehoben hatte, und reichte sie Philipp.
Die Rechnung zahlte ich per Karte. Zuhause ließ ich mich mit
einer Mischung aus tiefer Freude über meinen neuen Job und
nervöser Sorge um meine Beziehung mit Michele auf die
Couch fallen. Ich hinterließ ihr eine weitere Sprach- und zwei
WhatsApp Nachrichten, in denen ich ihr die frohe Botschaft
verkündete und dezent anfragte, ob sie am Freitag schon etwas
vorhabe. Erst am nächsten Abend schrieb sie: „Bin mit den
Mädels unterwegs." Das war alles. Also erwiderte ich: „Ich
bin mit Philipp in der Live. Vielleicht sehen wir uns ja." An
den kommenden zwei Tagen hatte ich wenig Gelegenheit, mir
Sorgen über meine Beziehung zu machen. Ich wurde bei

ElectronicSoft in meine Arbeit eingeführt. Dazu durchlief ich alle Abteilungen, lernte die Angestellten kennen, setzte mich mal zu den Entwicklern, mal zu einem der Programmierer und fand in Sascha jederzeit einen Ansprechpartner, wenn ich Fragen hatte. Ich stand einigermaßen früh auf, und wenn ich nach Hause kam, war ich fix und fertig, aber glücklich. Zum ersten Mal seit ich BombSquads entwickelt hatte, hatte ich das Gefühl, wieder etwas Sinnvolles zu tun. Am Freitag machten die meisten gegen 15.00 Uhr Feierabend und trafen sich im Aufenthaltsraum, wo wir Bier tranken und uns unterhielten. Um sechs ging ich nach Hause, um kurz zu schlafen, damit ich fit genug für den Abend war. Als ich die Wohnung gerade wieder verlassen wollte, kam Uschi mir schwer atmend entgegen. „Hi Florian", keuchte sie, „du gehst weg?" – „Ja, ich bin mit Michele und den Jungs auf einer 90er Party in der Live." – „Um Gottes Willen. Na, dann viel Spaß! Denkst du daran, dass wir morgen um elf den ersten Termin bei der Gymnastikgruppe haben?" – „Äh, ja. Klar!" Verfickte Kacke! „Dir auch einen schönen Abend."

Summer of 90er

Ich fuhr mit der Bahn zur Venloer Straße, spazierte den Gürtel am Burger King vorbei und bog in die Vogelsanger Straße ein. Auf dem Weg zur Live kam ich am Subzero vorbei, dem legendären Alternative-Laden, der Ende der 80er aus einer Werkstatt hervorgegangen war und in dessen Biergarten wir zahllose Abende verbracht hatten. Das Subzero wäre definitiv meine erste Wahl gewesen, zumal dann, wenn in der wesentlich größeren LiveStyleFabrik eine 90er Party stattfand. Aber ich hatte die Hoffnung, heute Abend mit Michele wieder ins Reine zu kommen. Als ich ankam, standen Philipp, Jörg, Steven und Michele mit drei Freundinnen bereits in der Schlange. Das Publikum war, wie zu erwarten, zwischen 20 und 30 Jahre alt und tendenziell etwas älter als bei sonstigen Veranstaltungen in der Live. Einige Mädels trugen Schlaghosen, Tattoo-Halsbänder oder Schnullerketten. Wer es wagte, zeigte viel Haut unter einem bauchfreien Top, mitunter in der fehlgeleiteten Annahme, auch die Figur sehe immer noch so aus wie in den 90ern. Die Kerle, wenn sie sich überhaupt auffallend gekleidet hatten, trugen Baggies und Adidas Superstars. Zwei Typen hatten sogar ihre ausgewaschenen Helly Hansen Jacken angezogen, in denen sie unter den Heizstrahlern schwitzten. Mit Herzklopfen näherte ich mich der Gruppe, grüßte kurz meine Freunde, um mich dann Michele zuzuwenden. „Hi", sagte ich und wir umarmten uns. Das heißt, vielmehr umarmte ich sie. Michele hielt ihre Arme verschränkt vor ihrer Brust, wodurch es wirkte, als umarme ich eine Schaufensterpuppe. Meinem

103

erbärmlichen Versuch, ihr einen Kuss auf den Mund zu drücken, wich sie durch ein gekonntes Kopfdrehen aus, wodurch meine Lippen auf ihrer Wange landeten. Ich löste die peinliche Triebtäterumarmung, und Michele drehte mir wieder den Rücken zu, um sich mit ihren Freundinnen zu unterhalten, die mir strafende Blicke zuwarfen. Ich hatte keine Ahnung, was Michele ihnen erzählt hatte, aber offensichtlich war es darauf hinausgelaufen, dass ich ein psychopathischer Kinderschänder war. Mein Herz rutschte mir in die Hose. Ernüchtert wandte ich mich meinen Freunden zu, die das ganze Schauspiel mit angesehen hatten und mit ihren Blicken nun verzweifelt in der Gegend herumsuchten, um irgendetwas zu finden, das es rechtfertigte, mir gerade nicht in die Augen zu blicken. Lediglich Steven schaute mir mit seiner neutral-dummen Fresse direkt ins Gesicht. Was war eigentlich los mit dem Typen? Jörg fand als erster die Sprache wieder: „Jemand Lust auf ne Sportzigarette?" Also verließen wir immer zu zweit die Reihe, um etwas abseits unseren Dübel zu rauchen und lösten uns beim Schlangestehen ab. Hinter der Einlasskontrolle, die im Wesentlichen darauf aufpasste, dass niemand seine Bierflasche mit auf das Gelände nahm, betraten wir den Innenhof des alten Fabrikgeländes, das eigentliche Highlight der Live, der mit einem kleinen Biergarten ausgestattet war. In einer Ecke brutzelten Würstchen und Koteletts auf einem großen Schwenkgrill. Die LiveStyleFabrik an sich war eine ideenlos eingerichtete Großraumdisco mit einer Tanzfläche in der Mitte und zwei Bars, an denen man zu überteuerten Preisen abgestandenes Kölsch oder, wer es nötig hatte, Becks kaufen konnte. In der hinteren Ecke gelangte man durch einen dunklen Korridor zu den Toiletten, auf die Michele zusammen mit Philipp und Steven direkt verschwand, nachdem wir die Halle betreten hatten. Aus den Lautsprechern ertönte ein bunter Mix aus den 90ern, der den DJ, der sich professionell den Kopfhörer zwischen Schulter und Ohr festklemmte, lächerlich überflüssig erscheinen ließ. Jeder Spasti mit einer BravoHits hätte seinen Job ausführen können. Die paar Züge vom Joint hatten meine Laune nicht wirklich aufhellen können und so schlürfte ich an meinem schalen Bier, während mein Blick gelangweilt über die Tanzfläche schweifte. Michele, aufgedopt von der Toilette zurückgekehrt, hüpfte mit ihren Mädels im Kreis, während sie laut und schief „Hit me baby one more time" mitgrölten. Dabei hüpften ihre hochgepushten Titten im Takt der Musik, was seine Wirkung nicht verfehlte. Einige Kerle hatten sich bereits neben ihnen versammelt und versuchten, sich betont unaufdringlich anzunähern. Vor ein paar Tagen hätte ich diese Show fast genossen, wäre mit meinem Drink irgendwann rübergegangen und hätte meine Stute souverän aus der Horde lechzender, sabbernder Hengste hinausgeführt, um ihr meine Zunge in den Mund zu schieben und unmissverständlich klarzumachen, wer hier der Gaul mit den dicksten Eiern war. Jetzt gerade wollte ich einfach nur kotzen. Zudem forderte die Arbeitswoche ihren Tribut. Ich bestellte mir einen Wodka-RedBull, um wieder etwas wacher zu werden. Irgendwann kam dankenswerterweise Jörg zu mir und bedeutete mir mit zwei Fingern vor dem Mund, dass es Zeit war, den nächsten Joint anzuzünden. Ich kippte das ekelhaft süße Gesöff runter und folgte ihm nach draußen. „Alles klar bei dir?", erkundigte sich Jörg. „Jaja. Ich bin nur etwas fertig." – „Sag mal, was geht eigentlich mit Philipp ab?

Der ist ja sowas von drauf!" – „Keine Ahnung. Wir haben in letzter Zeit nicht viel gemacht. Ich glaube, er hängt viel mit Steven rum." – „Hmm", überlegte Jörg und nahm einen dicken Zug von dem Joint. „Er hat sich letzte Woche 50 Euro von mir geliehen." Überrascht schaute ich Jörg an. „Bei dir auch? Warum?" – „Er hat gesagt, er hätte irgendwie gerade Stress mit seiner Mutter. Sie hätte ihm das BaFög gestrichen oder sowas. Ich habe da nicht weiter nachgefragt. Was ist denn jetzt mit Michele? Kriegt ihr das wieder hin?" – „Keine Ahnung. Ich hoffe es. Du weißt ja, wie die Fotzen drauf sind", gab ich zurück und mühte mir ein schiefes Lächeln ab, das kaum über meine Angst hinwegtäuschen konnte.

Wieder in der Halle bekämpfte ich meine Müdigkeit vergeblich mit einem Rum-Cola und etwas Bewegung auf der Tanzfläche. Weil das alles nicht half, setzte ich mich auf einen Hocker an die Bar und spielte mit dem Gedanken, nach Hause zu gehen, als ich Michele keine drei Meter neben mir stehen sah, alleine, ohne ihre Hyänenherde. „Hi", machte ich einen mutigen Vorstoß, „darf ich dich auf etwas zu trinken einladen?" Langsam wandte Michele ihren Kopf zu mir. Ihre Augen erzählten vom Konsum chemischer Substanzen in dunklen Ecken. Ihre Gesichtszüge waren total entspannt. Mit Mühe hob sie ihre Augenlieder und versuchte, mich mit ihren verkleinerten Pupillen zu fixieren. Sie lächelte. Mein Herz machten einen Freudensprung. Es war mir egal, ob sie komplett zugedröhnt war. Das erste Mal seit einer Ewigkeit hatte sie mich angelächelt. Wir setzten uns an die Bar und ich versuchte es mit etwas Small-Talk. Dann erzählte ich von ElectronicSoft, Lukas dem Concierge, Sascha, dem Aufenthaltsraum und meinem neuen Job. Michele saß mir schweigend gegenüber. Als ich fertig war, war es kurz nach eins und ich fühlte mich komplett erschöpft. „Uschi hat morgen früh einen Termin beim Arzt. Ich muss sie dahinbringen", flunkerte ich. Micheles neutralen Gesichtszüge verdunkelten sich. „Nach einer Woche wagst du es wieder mit mir zu sprechen. Und dann sagst du mir, dass du wieder gehst, weil du deine beschissene Cousine zum Arzt bringen musst? Dann geh! Und versuch ja nicht, mich nochmal anzurufen." – „Michele, warte", versuchte ich zu beschwichtigen, doch sie hatte mir schon den Rücken zugewandt. „Ich meine, ich bleibe natürlich, solange du willst. Ich meinte nur…", vergeblich. Michele war wieder in der Menge verschwunden. Was blieb mir also anderes übrig, als ihr meine gute Absicht zu demonstrieren, indem ich blieb. Es begannen die härtesten drei Stunden meines Discolebens. Ich war fertig, ausgelaugt und sehnte mich nach einem Bett. Die süßen Versprechungen der anarchischen Discowelt zerfielen vor meinen Augen zu einer Dystopie sich ständig wiederholender Bässe, stickiger Luft und paarungswilliger Zombies. Es erschien mir absolut sinnlos, meinen zukünftigen Kater mit einem weiteren schalen Bier zu befeuern, und so klammerte ich mich am Tresen an meiner Cola fest und betete um einen Amokläufer, der die Halle stürmen und wild um sich schießen würde, bevor ich ihn überwältigte und entwaffnete, um anschließend meine Prinzessin unter dem Jubel der Menge und den sehnsüchtigen Blicken der anderen Frauen nach Hause zu tragen, wo ich auf ihrer weichen Brust in ein tiefes Koma fiele. Oder wenigstens um einen Stromausfall. Einmal fragte mich sogar einer der Securityleute, ob alles mit mir „in Ordnung" sei, offenbar in der Annahme, ich habe zu viel getrunken. Um kurz nach vier machten Michele und ihre Freundinnen endlich Anstalten zu gehen. Geduldig wartete ich zwanzig Minuten neben der Schlange an der Garderobe. Als wir die Halle endlich verließen, lief gerade Bryan Adams „Summer of 69". 90er Party. Am Arsch! Vor dem Gebäude schaffte ich es, Michele dazu zu überreden, sich von mir im Taxi nach Hause begleiten zu lassen. „Und?", fragte Michele, als wir auf der Rückbank saßen. „Ich bin dann doch geblieben. Für dich", entgegnete ich. Schweigen. „Ist das alles, was du mir zu sagen hast?", fragte Michele, die blutunterlaufenen Augen auf mein Gesicht gerichtet. „Ähm, also", stammelte ich, „es tut mir leid." Prüfend zog Michele die Augenbrauen hoch. „Warum?", fragte sie. Da war sie wieder, diese Frage. Ich schaute ihr in die Augen. Es gab offenbar eine sinnvolle Lösung für dieses Rätsel. „Das mit dem Essen", antwortete ich. „Ich habe da ein bisschen überreagiert. Ich glaube, ich hatte da auch eine Allergie." Michele wandte ihren Blick ab. „Du verstehst das wirklich nicht, oder?" Nein, ich verstand es wirklich nicht. Ich war todmüde, ich hatte den ganzen Abend für sie bei dieser grauenhaften Party verbracht und ich war zu Kreuze gekrochen für ein Verbrechen, dessen ich mir noch nicht einmal bewusst war. „Ich glaube, es ist besser, wenn wir mal eine Pause machen. Dann hast du Zeit, darüber nachzudenken. Und denk mal darüber nach, was diese Beziehung, was ich dir eigentlich bedeute", sagte Michele und stieg aus dem Wagen. Frustriert und beschämt teilte ich dem Taxifahrer mit gebrochener Stimme meine Adresse mit.

Pummel-Katha im Yogadress

Ein lautes Klopfen riss mich aus meinem Schlaf. „Florian?",
hörte ich Uschi rufen. Ich brauchte einen Moment um mich zu
orientieren. Meine Kehle war trocken und ich war etwas
verkatert. Den größten Teil meiner Desorientierung konnte
ich jedoch dem Schlafmangel anlasten. „Es ist viertel nach
zehn", rief Uschi. „Um elf fängt der Kurs an." Ich verfluchte
den Tag, an dem ich aus menschlicher Schwäche zugesagt
hatte mitzukommen. „Ich komme gleich nach", krächzte ich
durch die verschlossene Tür, „geh schon mal vor." Ich drehte
mich noch einmal um und stand um viertel vor elf auf. Im
Spiegel schaute mich ein zerfurchtes Gesicht mit tiefen
Augenringen an. Ich kramte die einzigen Sportklamotten aus
meinem Kleiderschrank, die ich besaß: ein altes St. Pauli
Trikot, das mein jüngeres Ich sich einmal gekauft hatte, weil
es das Logo der Toten Hosen trug. Dazu suchte ich mir eine
etwas längere Badehose aus und zog die Sportschuhe an, die
ich seit dem Abitur nicht mehr getragen hatte. Dann machte
ich mich auf den Weg zur Uniklinik. Schon von weitem sah
ich Uschi und die anderen Teilnehmer vor dem
Gymnastikraum in der Gustavstraße. Grellfarbige
Funktionskleidung blendete meine verquollenen Augen. Auf
der Brust wahlweise Hundepfoten oder ein Fuchs - Insignien
des Wohlstandes. Man hätte meinen können, dass es in den
SUVs, die jeweils eineinhalb der wenigen vorhandenen
Parkplätze einnahmen, zu permanenten Wetterumschwüngen
kam. Die Fahrzeuge waren selbstverständlich schon mit
nagelneuen Maxi-Cosis für den zukünftigen Nachwuchs
ausgestattet. Auf den obligatorischen „Baby an Bord"
Aufkleber konnte getrost verzichtet werden. Diese

Straßenpanzer waren erhaben über die profanen Unwegsamkeiten des modernen Straßenverkehrs und machten unmissverständlich klar, wer hier das Sagen hatte. Du hast ein gehbehindertes Kind? Pech für dich. Dann fahr doch mit deinem abgefuckten Ford Fiesta in eine der Ghettoschulen im Umland, und versuch da einen Behindiparkplatz zu kriegen. Die Schulen in Sülz und Lindental sind eh nichts für dich! Wie sollte dein Kind auch Skilaufen! Oder Tennis spielen! Mir kamen Zweifel auf, ob mein Kind dieselben Chancen haben würde, wie die hochwohlgeborene Brut dieser Möchtegern-Blaublüter. Von Verachtung gefüllte Blicke trafen mich, als ich mich der Gruppe näherte. Hastig drückte ich die Zigarette aus und ließ den Stummel in einem Gulli verschwinden. „Hallo", hustete ich und versuchte Uschi so zwischen mich und das Rudel zu platzieren, dass ich mich hinter ihr verstecken konnte. „Nettes Outfit", grinste Uschi, „wenn du was gesagt hättest, hätte ich mir doch gerne noch mein Slipknotshirt anziehen können." Ich entspannte mich etwas dank Uschis betonter Lässigkeit. Überhaupt schien sie mir als menschliche Nadel in diesem Haufen Fleece tragender Weißweinwichser. „Netten Abend gehabt gestern?" – „Nein. überhaupt nicht. Ich glaube, Michele hat Schluss gemacht." – „Das tut mir leid", sagte Uschi ohne den Hauch von Ironie. „Danke, dass du trotzdem gekommen bist." Die Tür öffnete sich und heraus trat eine absolute Granate. Sie trug ihre brünetten Haare in einem Pferdeschwanz, war etwa 25 Jahre alt und trug ein enges T-Shirt, das der Phantasie über ihre perfekten Brüste und den durchtrainierten Körper kaum Spielraum ließ. Unter keinen Umständen konnte dieser Körper schon einmal ein Kind zur Welt gebracht haben. Ich spürte, wie die Kerle anfingen zu sabbern und ihre dickbäuchigen Anhängsel vor Neid kochten.

110

Während sie die Tür aufschloss, glitt ihr Blick über die Gruppe und blieb an mir haften. Sie schaute mir direkt in die Augen, bevor sie sich wieder zur Tür wandte. Zu meiner Überraschung gab es keine Umkleidekabine, wo der Survivaltrupp seine Ausrüstung hätte ablegen können, sondern lediglich einen mit dickem Teppich ausgelegten Seminarraum, in dessen Ecke einige zusammengerollte Isomatten sowie Gymnastikbälle in verschiedenen Größen lagen. Während Uschi und ich uns die Schuhe auszogen, sicherten die SUV-Fahrer sich die Plätze in der ersten Reihe mit ihren hastig eroberten Schaumstoffunterlagen. Zu Beginn der Stunde stellte Kate, die Granate, sich vor und erklärte den Ablauf der Einheit. Kurz darauf verstand ich, warum Sportkleidung absolut überflüssig war. Die „Gymnastik" entpuppte sich im Wesentlichen als eine gemeinsame Therapiesitzung, bei der die Therapeutin mit Fragen zu jeglichen Bereichen einer Schwangerschaft gelöchert wurde, die eingeleitet wurden mit: „Ich habe im Magazin xyz gelesen, dass..." und offensichtlich ausschließlich die Funktion besaßen, den anderen Schwangeren zu zeigen, wie gut man sich schon mit der ganzen Thematik auseinandergesetzt hatte. In den sehr kurzen Phasen dazwischen versuchte Kate ein paar Dehn- und Entspannungsübungen anzuleiten. Bei der Gymnastikballmassage (der Ball wurde sanft über den Bauch der Partnerin gerollt) nahm ich zunächst einen der großen Sitzbälle, was Uschi mit einem strafenden Blick quittierte, sodass ich den Ball eilig austauschte. Kate betonte, dass es bei dieser Übung darum gehe, wirklich vollkommen zu entspannen, und dass es absolut förderlich sei, wenn sich dabei leichte Blähungen lösten. Aufgrund meines Bierkonsums am Abend zuvor war ich heilfroh über diese Absolution und versuchte, meine eigenen Blähungen behutsam abzubauen. Leider ging direkt der erste Versuch schief. Anstelle eines leisen Schleichers entwich meinem Darm ein heller Trompeter. Einen kurzen Moment der Stille lang hoffte ich inständig, dass mich niemand gehört hatte. Dann lachte Uschi lauthals los. Ihr Lachen war so befreiend, dass ich gar nicht anders konnte als mitzulachen, woraufhin der Wächter an meinem Darmverschluss jegliche Wachfunktion vergaß und sämtliche eingesperrten Gase unter einem tiefen Dröhnen passieren ließ. Uschi grölte noch lauter. Tränen rannen ihr Gesicht hinunter. Die anderen Teilnehmer starrten uns fassungslos an. Als wir uns endlich wieder einkriegten, bemerkte ich den bestialischen Gestank, der sich ausgebreitet hatte und den Paaren um uns herum Ekel in ihr Gesicht getrieben hatte. Kate riss die Fenster auf und unterbrach den Kurs für eine kurze Pause mit Gebäck und Getränken im Vorraum. Ich verkniff es mir rauszugehen, um eine zu rauchen und kaute stattdessen auf einem geschmacklosen Stück Mürbeteiggebäck herum. Kate unterhielt sich mit den anderen Gruppenteilnehmern. Ich betrachtete ihren üppigen Busen, die trainierten, leicht gebräunten Waden. Als meine Augen wieder nach oben wanderten, zuckte ich leicht zusammen, da Kate mir erneut genau in die Augen blickte. Ich weiß, ich sollte Michele hinterherlaufen, ihr meine ungebrochene Liebe zeigen, aufrichtig sein und loyal. Aber ich war eben in Trauer und die durfte ich ja wohl bewältigen, wie ich wollte, oder? Und was hatte ich schon zu verlieren? Immerhin musste ich für Kate keine Cousine erfinden. Ich schnappte mir also zwei Becher Wasser, entschuldigte mich bei Uschi und ging rüber zu den anderen, um mein Glück zu versuchen. Ich hielt ihr einen der Becher hin. „Darf ich dich auf einen Drink einladen?", fragte ich. Wieder schaute sie mir prüfend in die Augen. Die Kerle um uns herum blickten mich mit einer Mischung aus Abneigung und Anerkennung an. Die Frauen sahen mitleidig zu Uschi. Was wussten die Fotzen schon. „Es gab in diesem Laden leider nur Wasser, aber ich würde mich freuen, dich mal auf einen richtigen Drink einzuladen", erneuerte ich mein Angebot. Kates Gesichtszüge verfinsterten sich. „Du weißt es wirklich nicht, oder, Florian?", presste sie aus ihren schmalen Lippen hervor. Ich war überrascht. Ich konnte mich nicht erinnern, ihr meinen Vornamen genannt zu haben. „Ähm, was denn?", fragte ich vorsichtig. „Ich heiße Katharina!" Ich starrte Katharina a.k.a. Kate an. Was war es eigentlich mit den Frauen, dass sie andauernd ihre Namen ändern mussten? „Katharina Presic!", sagte Kate nun betont langsam und deutlich. Im hintersten Teil meines Gehirns versuchten zwei Synapsen zueinander zu finden. Aus heiterem Himmel fing Kate an, das Plumpsacklied zu singen. Die ersten zwei Töne reichten als Trigger. Meine Synapsen feuerten los und kramten ein längst vergessenes Lied aus meiner Grundschulzeit hervor. Eine Koproduktion von Philipp und mir. Laut stieg ich in das Lied ein: „...Pummel-Katha geht herum, wer nicht aufpasst oder tobt, dem frisst sie weg das Butterbrot!" Ich lachte herzhaft los. Was gab es Schöneres als gemeinsame Kindheitserinnerungen. Um mich herum herrschte Totenstille. Entsetzte Blicke hafteten auf mir. Lediglich Uschi schien das Schauspiel zu amüsieren. Ich riss mich zusammen und räusperte mich. „Cool dich mal wieder zu sehen. Wie geht es dir?" – „Du hast meine Kindheit zerstört", blaffte Pummel-Katha mich an. „Ich war so verliebt in dich, obwohl du so fies warst! Ich habe dich sogar zu meinem elften Geburtstag eingeladen. Und was hast du mir geschenkt?" Ich hatte absolut keinen Schimmer, hatte aber so die vage Befürchtung, dass es wohl nicht das willkommenste

Geschenk gewesen sein konnte. „Ein Buch von Weight-Watchers!“, schrie Kate mich an. „Dank dir hatte ich mit zwölf einen Nervenzusammenbruch. Ich war die jüngste Patientin mit einer Essstörung in ganz Deutschland!“ Kate fing an zu hyperventilieren. Tränen schossen ihr in die Augen. Ich wusste nicht, was ich machen sollte. „Aber es hat dir ja nicht unbedingt schlecht getan“, versuchte ich es versöhnlich und deutete mit der Hand auf ihren Körper. Hass und Verachtung schlug mir aus den Gesichtern der um uns stehenden Bruthennen entgegen. In diesem Moment öffnete sich die Tür des Raumes. Eine Mischung aus Will Smith und Dwayne „The Rock“ Johnson trat herein: Schokobraun, knapp zwei Meter groß, durchtrainiert bis in die Haarspitzen und mit einem Gesicht, dass so lächerlich perfekt aussah, dass selbst die Kerle neben mir einen Ständer bekamen. Wie eine Aura um ihn herum schlug mir sein teures, männliches Parfum entgegen. „Tyler!“, stieß die hysterische Kate hervor. Er machte eilig drei Schritte auf sie zu, wobei er mich unsanft zur Seite stieß, und nahm sie in seine riesigen Arme. Kate schluchzte in seine Brust. „Möchtest du etwas trinken?“, fragte ich erneut und hielt ihr den Becher hin, der sich immer noch in meiner schweißnassen Hand befand. Ihr schwarzer Held drehte sich zu mir. „Ich glaube es ist besser, wenn du jetzt gehst“, sagte er, wobei sein Blick unmissverständlich klarmachte, dass das kein zwangloser Vorschlag war. „Sorry, ich warte dann draußen auf dich“, sagte ich zu Uschi, nahm mir meine Schuhe und ging zur Tür. In meinen Rücken stachen die hasserfüllten Blicke wie glühende Dolche. Ohne mich umzuwenden, öffnete ich die Tür, ging den einsamen, linoleumgrünen Gang zum Ausgang und stürzte in die Freiheit. Voller Sehnsucht steckte ich mir eine Zigarette in den Mund und zündete sie mit einem tiefen Zug an. Keine fünf

Minuten später öffnete sich die Tür erneut und Uschi trat heraus. „Nette Show", sagte sie und grinste mich schief an. „Tut mir leid. So war das echt nicht geplant. Ich wusste, dass dir das wichtig ist." – „Um Gottes Willen!", entgegnete Uschi. „Ich war heilfroh, dass ich da endlich raus konnte. Weitere zehn Minuten mit diesen versnobten Arschlöchern, und ich hätte ihnen ihre beschissenen Ray-Bens aus dem Gesicht geprügelt!" Ich war erleichtert. „Also war es das jetzt mit Gymnastik?", fragte ich. „Wenn du es meiner Ärztin nicht verrätst, tue ich es auch nicht", antwortete Uschi. „Deal! Wie war denn die Stimmung gerade?" – „Alles in Ordnung. Ich musste nur noch etwas erledigen", entgegnete Uschi. Dann sang sie leise und melodisch: „Dreht euch nicht um, Pummel-Katha geht herum…" Ich lachte laut auf. „Gar nicht schlecht für einen Grundschüler", bemerkte Uschi anerkennend, „gemein und menschenverachtend, aber kreativ." – „Das ist noch gar nichts", erwiderte ich, nicht ohne Stolz. „Du hättest mal hören sollen, was wir am Gymnasium geschafft haben." Im Rhythmus zu „La Cucaracha" sang ich: „Pummel-Katha, Pummel-Katha, schwabbelt hier und dort und da…" Uschi lachte und wir gingen gemeinsam nach Hause.

Geständnis

Nach dieser Erfahrung machte ich den unvermeidlichen Anruf. Seit Wochen hatte ich mich davor gedrückt, hatte ihn im Kopf immer wieder durchgespielt, um im letzten Moment doch zu entscheiden, dass es noch nicht der richtige Zeitpunkt war, dass ich noch abwarten konnte. Ich hatte mir alles zurechtgelegt. Mein Herz schlug mir bis in den Hals. Ich wählte die Nummer. Nach dem dritten Klingeln klickte es in der Leitung. „Hi mein Schatz, wie geht es dir?", säuselte mir eine Stimme entgegen. „Hi Mel", entgegnete ich, „bei mir ist alles klar. Wie geht es dir?" Eine kurze Pause entstand. „Was ist los?", fragte meine Mutter. Meine Pläne waren über den Haufen geworfen. Ich schluckte. „Ja, also, ich wollte dir etwas sagen." Schweigen. Ohne Zweifel spielte meine Mutter gerade alle möglichen (und wahrscheinlicheren) Schreckensszenarien in ihrem Kopf durch: Ihr Sohn im Knast, mit seinem letzten Anruf. Ihr Sohn in einer Entzugsklinik. Ihr Sohn, erkrankt an einer unheilbaren Geschlechtskrankheit. „Du wirst Oma", durchbrach ich die Stille. „Aber… also du und Michele?", erkundigte sich meine Mutter. „Nein. Das ist ein bisschen kompliziert", gab ich Auskunft. „Also…", meine Mutter konnte es immer noch nicht richtig fassen, „also, das ist ja großartig! Aber was heißt denn „ein bisschen kompliziert"? Hast du dein Ding in einer anderen gehabt und sie geschwängert?" Ganz offensichtlich war es doch nicht so kompliziert. „Ähm, ja, also es war ein Unfall", sagte ich, so wie ich es mit Uschi für die offizielle Sprachregelung abgesprochen hatte, „aber wir wohnen jetzt zusammen." –

„Toll", sagte meine Mutter. So langsam setzte sich die Freude in ihrer Stimme hörbar durch. „Wann kann ich sie kennenlernen?" – „Hast du morgen Abend Zeit? Dann würde ich dich zum Abendessen einladen", bot ich an. „Sollen wir nicht lieber etwas essen gehen?", fragte meine Mutter skeptisch. Sie wusste um meine fehlenden Kochkenntnisse, ein Erziehungsdefizit, das ich ihr im Austausch für Dönergutscheine stets gerne verziehen hatte. „Uschi kocht." – „Oh, achso, ja dann komme ich gerne vorbei. Ich freue mich. Wirklich." Und das tat sie, das wusste ich. Nach dem Telefonat ließ ich mich erschöpft auf mein Bett fallen. Wie zum Teufel war ich hierhin gekommen? Also nicht ins Bett, das wusste ich dieses Mal. Aber an diesen Punkt? Ich hatte eine Freundin, dann wieder nicht, eine Mitbewohnerin, die schwanger von mir war und einen Job, der mir tatsächlich gefiel. Ich versprach mir, die Sache mit Michele wieder gerade zu rücken. Dann fielen mir die Augen zu und ich schlief ein.

Der Duft von gebratenem Speck weckte mich. Der Wecker auf meinem Nachttisch zeigte Viertel nach zehn an. Ich hatte beinahe zwölf Stunden geschlafen. Ich zog mir Pulli und Jeans an und machte mich auf den Weg zur Küche, hoffend, auch noch eine Portion Rührei zu dem Speck ergattern zu können. Zu meiner großen Enttäuschung stand weder eine Pfanne mit Speck auf dem Herd, noch war der Tisch für ein Frühstück vorbereitet. Stattdessen waren der Tisch und die Arbeitsplatte voll von allen möglichen Schüsseln und Zutaten. Auch Uschi war nirgends zu sehen. Ich schaute in den Ofen. Dort lagen, fein säuberlich auf Spießen aufgereiht, längliche, bräunliche Stückchen, etwa daumendick, die entfernt an Mini-Würstchen erinnerten. Offensichtlich verbreiteten sie den herzhaft-süßen Geruch in der Wohnung. Ich wollte gerade die Ofentür öffnen, um die Spieße genauer zu inspizieren, als das Schloss knackte und Uschi, schwer schnaubend und mit zwei großen Rewetüten beladen, die Wohnung betrat. „Finger weg!", rief sie, als sie mich erwischte, wie einen Hund, der gerade in Begriff war, den Sonntagsbraten vom Tisch zu zerren. „Das ist für heute Abend. Und ich brauche heute Platz in der Küche. Du musst woanders hin." – „Aber ich habe Hunger!", protestierte ich. „Das habe ich mir gedacht", entgegnete Uschi, „deshalb habe ich dir das hier mitgebracht." Dabei griff sie in eine der Tragetaschen und zauberte eine prall gefüllte McDonald's Tüte hervor. „Das muss für den Tag reichen." Ich schnappte mir die Tüte und zog mich wieder in mein Zimmer zurück. Um Punkt 19.00 Uhr stand meine Mutter vor der Tür. Irgendwie hatte Uschi die Unmöglichkeit hingekriegt, ein mehrgängiges Menü zu zaubern, die Küche blitzeblank zu hinterlassen und sich nach erfolgter Toilette in eines ihrer besseren Kleider zu werfen. Als ich meiner Mutter die Tür öffnete und ihr in die Augen sah, vermochte ich nicht zu beurteilen, wer von uns beiden aufgeregter war. Mein Herz raste wie nach einer verballerten Nacht auf einer Elektroparty. Meine Mutter lächelte nervös. Wir spulten den üblichen Small-Talk ab und gaben uns die größte Mühe, die Situation als vollkommen normal darzustellen. Nachdem meine Mutter ihre Pumps ausgezogen hatte (wozu trug sie die Dinger überhaupt, wenn sie sie nur dazu verwendete, bis zur Bahn und aus der Bahn bis zu meiner Wohnung zu laufen?) wandte ich mich langsam zur Küche. Meine Mutter lief mir hinterher. Kurz bevor wir um die Ecke zur Küche gingen, zischte sie: „Und dass du sie zuerst vorstellst!" Uschi stand neben dem Küchentisch. Ihr schwarzblaues Kleid kaschierte geschickt

118

den Teil ihres Bauches, der seit der Schwangerschaft dazugekommen war, wodurch sie nach maximal 120 Kilo aussah. Als wir hereinkamen streckte sie die rechte Hand, mit der sie sich auf dem Küchentisch abgestützt hatte, nach vorne und kam auf meine Mutter zu. Für einen winzigen Moment, den Bruchteil einer Sekunde, den man nur bei einem Menschen wahrnehmen kann, dessen Regungen man seit frühester Kindheit studiert hat, sah ich die kontrollierte Miene meiner Mutter entgleiten, als ihre Augen auf Uschi fielen. Dann hatte sie sich wieder im Griff und warf Uschi das strahlendste Lächeln entgegen, das ich von meiner Mum kannte. Sie schob Uschis Hand beiseite und nahm sie in den Arm, was mich in grotesker Weise an ein kleines Mädchen erinnerte, das den riesigen Teddybären umarmt, den es gerade geschenkt gekriegt hat. Ich fühlte gleichzeitig Erleichterung und Stolz auf meine Mutter. Das Essen entspannte die Atmosphäre weiter. Einerseits, weil die Speisen, die Uschi zubereitet hatte, einfach fabelhaft waren und einem auf der Zunge zergingen, andererseits, weil meine Mutter bereits nach der Vorspeise eine dreiviertel Flasche Rosé geleert hatte. Sie fragte glücklicherweise nicht danach, wie Uschi und ich uns kennen gelernt hatten, und so waren wir auch nicht gezwungen ihr die Halbwahrheiten aufzutischen, die wir uns zurechtgelegt hatten. Stattdessen unterhielten die Damen sich über alle möglichen und unmöglichen Aspekte einer Schwangerschaft. Nach einer knappen Stunde Dialog zwischen Uschi und meiner Mutter hatte ich mehr Dinge über den weiblichen Körper erfahren als in den 28 Jahren zuvor, und mehr über Schwangerschaften, als es in zehn Gymnastikstunden mit Pummel-Katha möglich gewesen wäre. Im Anschluss an die Nachspeise (Zitronen-Vanille-Sorbet mit einer zarten Karamellkruste und frischen

119

Erdbeeren), als mir die Ohren bereits glühten, entschuldigte ich mich für eine kurze Zigarette auf den Balkon, was mir einen vorwurfsvollen Blick meiner Mutter einbrachte. Durch die Glastür hörte ich meine Mutter lauthals lachen. Ich zog tief an meiner Marlboro, blies den Rauch langsam durch den Mund aus und genoss die Entspannung, die durch meinen Körper rann wie flüssiger Honig. Als ich wieder reinging, war es stiller geworden. Kurz vor der Küchentür hörte ich meine Mutter mit verschwörerisch gesenkter Stimme fragen: „Und wie ist das bei dir mit der Libido?" Das gab mir den Rest. Das gemeinsame Essen: eine Notwendigkeit. Die Gespräche über die Schwangerschaft: akzeptabel. Aber zuzuhören, wie sich meine Mutter mit der schwer übergewichtigen Mutter meines zukünftigen Kindes über die Bettgeschichten austauschte, die sie erlebt hatte, als ich in ihrem Bauch steckte, da hörte der Spaß endgültig auf. Ich ging ins Wohnzimmer und schaltete den Fernseher ein. Das gackernde Lachen, das immer wieder aus der Küche drang, machte unmissverständlich klar, dass meine Anwesenheit ohnehin bestenfalls eine belanglose Zierde gewesen wäre. Irgendwann, weit nach Mitternacht, im Fernsehen lief gerade die x-te Wiederholung „Two and a half men", kam meine Mutter ins Wohnzimmer. Sie verabschiedete sich, drückte mich in ihren Arm und flüsterte mir ein weingeschwängertes „Ich bin stolz auf dich" ins Ohr, was mich doch sehr überraschte, da ich es zuletzt gehört hatte, als ich mein Abiturzeugnis in den Händen hielt. Nachdem ich meine Mutter zur Tür begleitet und Uschi beim Aufräumen der Küche geholfen hatte, legte ich mich ins Bett und schrieb Michele eine Nachricht. Während ich auf eine Antwort wartete, schlief ich ein und träumte davon, wie meine Mutter und Uschi sich gegenseitig mit Erdbeeren fütterten, wobei sie in gruseliger Art und Weise kicherten und mich immer wieder ansahen.

Philipp

Auch am nächsten Morgen hatte Michele sich noch nicht auf meine WhatsApp gemeldet und ich begann mir Sorgen zu machen, wie lange sie diese „Pause" durchziehen wollte. Am liebsten wäre ich direkt zu ihr gefahren, gleichzeitig wusste ich weder, was ich ihr hätte sagen sollen, noch wollte ich zu aufdringlich sein. Also lenkte ich mich mit der Arbeit ab. Das funktionierte erstaunlich gut, denn im Büro löcherten mich die anderen mit Fragen zu meinen Ideen für BombSquads 2. Wenn ich gerade mal nichts zu tun hatte, schlenderte ich über die Gänge, setzte mich zu einem der anderen Entwickler oder den Programmierern und schaute ihnen über die Schultern. Abends, wenn die meisten Feierabend machten, ging ich noch auf ein Bier in den Aufenthaltsraum und verbesserte meine unterentwickelten Kickerfähigkeiten. So schaffte ich es, der glühenden Verlockung zu widerstehen, ständig auf mein Handy zu starren, in der angespannten Erwartung eines Anrufs oder zumindest einer Nachricht. Ich bekam weder das eine noch das andere und überlegte bereits am Mittwoch, wie ich das Wochenende überstehen sollte. Deshalb rief ich am Donnerstag bei Philipp an. Statt des erwarteten Klingeltons trällerte mir die blecherne Computerfrau ein „The person you have called is temporarily not available" ins Ohr. Also telefonierte ich mit Fetti und Jörg und verabredete mich mit ihnen für Samstag. Als ich in der Cubanito Bar am Barbarossaplatz ankam, stellte ich erfreut fest, dass Fetti Luciana mitgebracht hatte, neben der er sich viel näher auf die Sitzbank gedrängt hatte, als es der zu Verfügung stehende

Platz nötig gemacht hätte. Über unseren Cocktails unterhielten wir uns über meine Arbeit und Jörgs neuestes „Projekt", den Umstieg vom Handel mit illegalen Betäubungsmitteln auf den illegalen Handel von Potenzmitteln, ein Geschäft, das angeblich noch größere Gewinne Abwarf als der Verkauf von Gras und Pilzen. „Was ist eigentlich mit Philipp?", fragte ich. Ich hatte am Donnerstag und am Freitag nochmal versucht ihn zu erreichen, ohne Erfolg. „Ich weiß nicht", antwortete Fetti, „ich habe ihn nicht erreicht." – „Der Penner schuldet mir immer noch meine 50 Euro", bemerkte Jörg. Fetti schaute ihn an. „Du hast ihm auch was gegeben?", fragte er ihn. „Er war letzte Woche bei mir, aber ich bin gerade knapp bei Kasse, da konnte ich ihm nur nen Zwanni geben." Dabei richtete er einen vielsagenden Blick auf Luciana, die gerade aufgestanden und auf dem Weg zur Toilette war. „Was geht da eigentlich?", wollte ich wissen, im Bewusstsein, das Fetti genau diese Frage hatte hören wollen, was sein dämliches Grinsen bestätigte. „Schneesturm im Paradies", flüsterte er mysteriös. „Was willst Du? Was denn für ein Schneesturm? Bist Du noch ganz dicht? Ich dachte da läuft was mit Claas," wandte Jörg ein. Fetti zuckte mit den Achseln. „Lief ja auch. Aber jetzt ist er halt für drei Wochen in den USA. Und Luciana war so einsam." – „Sehr loyal", sagte ich, etwas angewiderter, als ich es vorgehabt hatte. Fetti blickte mich an. Dann winkte er ab. „Ich danke für den moralischen Ratschlag Mr. Ich-schwängere-eine-Seekuh-und-lüge-meine-Freundin-an." Dagegen war nicht viel einzuwenden, trotzdem machte es mich wütend. „Das kannst du doch nicht vergleichen!", fuhr ich Fetti so laut an, dass Jörg kurz zusammenzuckte. Auch Fetti schaute mich mit großen Augen an. „Komm mal wieder runter Mann. War doch nicht böse gemeint." – „Sorry", gab ich kleinlaut bei, „ich hatte eine Scheißwoche." – „Wegen der Arbeit?", fragte Jörg. „Wegen Michele." – „Ich glaube da habe ich genau das richtige Mittel", sagte Jörg augenzwinkernd. Als wir zehn Minuten später wieder ins Lokal kamen, standen auf dem Tisch vier volle und vier leere Mexikaner. „Ich wollte auch meinen Beitrag zur Verdrängungskultur leisten", sagte Fetti, was einer Entschuldigung so nah kam, wie es eben ging, „aber ihr habt so lange gebraucht, dass Luciana und ich uns nicht zurückhalten konnten." Luciana kicherte. „Macht nichts", antwortete ich, bestellte vier neue Mexikaner und stellte sie Fetti und Luciana hin. Damit waren die Wogen wieder geglättet. Im weiteren Verlauf des Abends lernte ich allerhand Interessantes über Potenzmittel. Zum Beispiel, dass Viagra ursprünglich gar nicht als Potenzmittel entwickelt worden war, sondern zur Behandlung von Herzerkrankungen und die erfreulichen „Nebenwirkungen" entdeckt wurden, als die Probanden die überzähligen Tabletten nicht wieder rausrücken wollten. Oder, dass die CIA ihre Informanten in Afghanistan angeblich mit den blauen Pillen anstelle von harten Dollars entlohnt haben soll. Durch diese Stories, Jörgs Gras und Lucianas tiefen Ausschnitt schaffte ich es, an dem gesamten Abend nur zweimal auf mein Handy zu schauen, wenn ich auf die Toilette musste. Gegen halb zwölf torkelten wir deutlich angeheitert aus der Bar. Draußen empfing uns ein nasskalter Wind, und ich zog den Reißverschluss meiner Jacke zu. Ich zündete mir eine Zigarette an und reichte das Feuer weiter an Jörg. Während wir rauchten, beschlossen wir

124

noch, auf einen Absacker in den Stiefel auf der Zülpicher Straße zu gehen. Fetti wollte lieber noch einen Cocktail trinken. Oder darten. Oder etwas essen. Sobald Jörg und ich kurz davor waren einzuwilligen, wollte er definitiv doch etwas Anderes. Nach zehn Minuten hatte er uns endlich so lange genervt, dass er sein Ziel erreicht hatte und wir ihn mit Luciana allein ließen. Also gingen wir zu zweit den Hohenstaufenring entlang in Richtung Zülpicher Platz. Unterwegs legten wir einen kurzen Zwischenstopp bei Pizza Pit ein. Kurz vor der Zülpicher Straße wurden wir durch ein lautes Brüllen aufgeschreckt, das vom Rewe, auf der gegenüberliegenden Straßenseite, zu uns hinüberdrang. Eine heiser-hysterische Junkiestimme, aus der die tausend Kehlen einer tief verwurzelten Paranoia sangen, paarte sich mit dem Befehle bellenden Organ des überforderten Kötter-Security Personals, das den Eingang zu dem Supermarkt bewachte, wie die Nymphen die Quelle der ewigen Jugend. Einige Passanten, in erster Linie feierwütige Studenten, hatten sich bereits um die Szenerie versammelt und die Kameras ihrer Handys unverhohlen auf das menschliche Elend gerichtet. Ich wollte mich gerade angewidert abwenden, als ich aus dem Stimmengewirr einen merkwürdig vertrauten Laut hörte. Mit einem Schauder wandte ich mich dem Wüten wieder zu, in der verzweifelten Hoffnung, dass die Realität meine Sinne Lügen strafen würde. Sie tat es nicht. „Scheiße, das ist Philipp!", sagte Jörg im selben Moment. Wir wechselten die Straßenseite und liefen über die rote Ampel auf die Menschentraube zu, in dessen Zentrum Philipp mit zwei Stiernacken in Bomberjacken rang, die ihn amateurhaft an beiden Armen festhielten, weswegen mein Freund wild um sich trat. Philipps Gesicht war ausgezehrt, sein grauer Kapuzenpulli hatte Flecken, als hätte er den Winter auf der Straße verbracht und aus einer Platzwunde an seinem Kopf rann dunkles Blut. „Lasst ihn los!", fuhr ich die beiden Wachmänner an. Das Publikum blickte mich, fasziniert ob dieser neuen Wendung, mit großen Augen an. Die Wachmänner waren irritiert, lösten ihren Griff aber nicht. Als Philipps wirrer Blick endlich auf mich fiel, hörte er auf zu schreien und beruhigte sich etwas. Inzwischen war auch Jörg angekommen. „Gehört der zu Euch?", fragte Bomberjacke Nummer eins. „Ich bin sein Betreuer", erwiderte ich souverän. Nummer eins musterte mich überrascht. „Er wollte etwas klauen. Wir haben ihn dabei erwischt", erklärte Bomberjacke Nummer zwei. „Er wollte bestimmt nichts klauen!", verteidigte ich meinen gerade zur Unmündigkeit verurteilten Freund. „Er ist Autist. Er schaut sich die Sachen gerne sehr genau an." Philipp hielt zum Glück seine Klappe. Nummer eins tauschte mit Nummer zwei verunsicherte Blicke aus. „Wie kommt die Wunde an seinen Kopf?", fragte Jörg. „Wenn das auf ihr gewaltsames Vorgehen gegen den Jungen zurückzuführen ist, werde ich das zur Anzeige bringen. Wie ist ihr Name?" – „Nein, also er wollte weglaufen…", stammelte Nummer eins. „Ihren Namen!", schnitt Jörg ihn in autoritärem Ton ab. „Und lassen sie ihn endlich los!" Widerwillig lösten die Türsteher ihren Griff. Philipps Arme fielen herab, als hingen Gewichte daran. „Steffens", sagte Nummer eins mit gesenktem Blick. „Und?", fragte Jörg, den Blick auf Nummer zwei gerichtet. „Seelbach", antwortete Seelbach. „Aber ich hatte nichts mit der Verletzung zu tun gehabt. Der Steffens wollte ihn aufhalten und…." – „Es

126

reicht!", Jörg hielt seine Rolle erstaunlich gut aufrecht. „Wir bringen den Jungen jetzt erstmal zur Behandlung in ein Krankenhaus. Sollte sich die Verletzung als schwerwiegender herausstellen, werden sie von meinem Anwalt hören. Ich wünsche ihnen einen guten Abend!" Mit diesen Worten nahm er den vollkommen verstrahlten Philipp am Arm, machte auf dem Absatz kehrt und geleitete ihn durch die Menschenmenge, die sich teilte, wie das Meer vor Moses. Ich ging den beiden hinterher. Schnurstracks liefen wir die Zülpicher Straße hinunter. Erst als wir um die Ecke in die Roonstraße abgebogen waren, machte Jörg halt, drehte sich um und atmete tief durch. Philipp babbelte irgendetwas Unverständliches vor sich hin. Auch aus mir wich so langsam die Anspannung. Ich schaute Jörg an, dann Philipp. Mit einem Mal prustete ich ohne irgendeinen Grund los. Jörg stimmte ein und gemeinsam lachten wir, bis wir uns krümmten und kaum noch Luft bekamen. „Sie… werden…", wieherte ich, „von… meinem Anwalt hören!" Ich kriegte mich nicht mehr ein. Philipp starrte uns aus wild umherzuckenden Pupillen an und versuchte, in seinem drogenbetäubten Hirn irgendeinen Sinn in die ganze Scharade zu bekommen. Endlich kriegte ich mich wieder ein und betrachtete ihn. Er sah so beschissen aus, wie ich ihn noch nie gesehen hatte. Das Blut auf seiner Stirn war inzwischen geronnen und verklebte sich mit seinem ungewaschenen Haar zu dicken, dunklen Locken. Der linke Ärmel seines Pullis war wohl auf der Flucht hochgerutscht. Philipp kratzte seinen nackten Unterarm wie ein räudiger Hund. In seiner Armbeuge erblickte ich mit Erschrecken die blau angelaufenen Punkte der Nadeleinstiche eines ungeübten Fixers. Mein Magen schnürte sich zu und ich bekam einen

Kloß im Hals. Ich spürte, wie mir das Blut aus dem Gesicht lief. Mir wurde beinahe schwarz vor Augen. Ich wendete mich ab. Als Jörg mich sah, verstummte er augenblicklich. „Ey, Flo", sagte er mit bebender Stimme, „ist alles klar?" Wortlos deutete ich auf Philipps entstellten Unterarm. Jörg folgte mit seinen Augen meinem Finger. Zuerst schien er nichts zu erkennen. Dann schreckte er zurück. „Oh fuck! Scheiße! Ist das...?" Nur mit Mühe konnte ich die Tränen unterdrücken. Zu sprechen war ich nicht imstande. „Philipp", hörte ich Jörg sagen. Es klang dumpf, als wäre seine Stimme in Watte gehüllt. Die Welt um mich herum war stumm und dunkel und schrecklich.

Ich starrte aus dem Fenster, an dem bunte Bastelarbeiten aufgehängt waren. Grüne und rote, ein paar schon zerrissen. Der Blick auf den Hof war verschwommen. Ich kann mich nicht mehr erinnern, ob es daran lag, dass es regnete, oder weil mir dicke Tränen die Sicht versperrten. Ich weiß auch nicht mehr genau, wie alt ich war oder was für eine Jahreszeit gerade herrschte. Alles woran ich mich erinnern kann, ist dieses große, verzierte Fenster und der unendliche Schmerz, den ich empfand, nachdem meine Mutter mich zum ersten Mal im Kindergarten allein gelassen hatte. Ich heulte wie ein Schlosshund. Ich war der einsamste Mensch auf dem Planeten. Wäre ich nicht im Kindergarten gewesen, sondern schon auf der Schule, ich wäre das Kind gewesen, das immer im Abseits steht, das nicht einmal gemobbt wird und von dem die anderen Kinder noch nicht einmal den Namen kennen. Im Winkel meiner Tränen verhangenen Augen bemerkte ich, wie sich jemand näherte. Dann nahm mich etwas in den Arm und drückte so fest und herzlich, wie es nur Kinder können. „Ich bin Philipp", sagte Philipp, „wollen wir Freunde sein?" Von dem Tag an war mein Leben ohne Philipp nicht mehr vorstellbar. Nun stand er da, ausgezehrt, und zum ersten Mal lächelte er nicht mehr. „Philipp", hörte ich Jörg erneut. Er versuchte zu ihm durchzudringen. „Was wolltest Du denn da klauen?" Mit der Geschwindigkeit eines schmelzenden Gletschers ließ Philipp seine Hand in den Beutel seines Pullovers gleiten. Als er sie wieder rauszog und öffnete, offenbarte sich mir ein bisher unbekanntes Ausmaß an Verzweiflung. In Philipps rechter Hand lag eine 0,1 Liter Flasche Kalimkaya Wodka. Über einem verblichenen weißen Etikett klebte in leuchtendem Orange ein „Sonderpreis": 1,79 Euro. Ich verfrachtete Philipp in ein Taxi und fuhr mit ihm zum Haus seiner Eltern. Unterwegs sagten wir kein Wort. Ich aus Scham, dass ich meinen besten Freund so im Stich gelassen hatte und weil ich nicht wusste, was ich hätte sagen sollen. Philipp, weil er zu sehr darauf konzentriert war, den Lederbezug der Rückbank zu streicheln. Als wir uns dem Haus näherten, in dem ich meine halbe Kindheit verbracht hatte, betete ich, dass Philipps Mutter bereits schlief. Mit einem Taschentuch und etwas Wasser aus einer Flasche versuchte ich Philipps äußeres Erscheinungsbild meiner Erinnerung an ihn ein wenig anzupassen. Als das feuchte Tuch seine Stirn berührte, zuckte mein Freund kurz und blickte mich mit tieftraurigen Augen an, bevor sein Blick wieder in ein mir verborgenes Universum abschweifte. Im Vorgarten fischte ich die Schlüssel aus Philipps Hose, brachte ihn unbemerkt ins Bett und zog die Haustür im Gehen leise wieder zu. In Gedanken versunken machte ich mich auf den Weg nach Hause, fiel ins Bett und weinte mich in den Schlaf.

Uschis tröstende Brust

Noch nie in meinem ganzen Leben war ich so verzweifelt. Ich meine, klar, als die anderen Jungen mich nie beim Fußball mitspielen lassen wollten, weil mein Team grundsätzlich verlor und ich dann allein mit dem Nachbarshund spielte, das war frustrierend. Oder als ich meine Mutter nach den Sommerferien fragte, warum wir nicht wie all die anderen mit meinem Vater im Urlaub gewesen seien und sie mich nur in den Arm genommen und gesagt hatte: „Weil Dein Papa seit zwölf Jahren allein Urlaub macht." Auch damals war ich traurig. Oder gerade der quälende Liebeskummer wegen Michele, der sich langsam, wie ein Wurm mit Widerhaken durch mein Herz fraß. Das löste nahezu physische Schmerzen in mir aus. Aber immerhin wusste ich, dass, wie es auch ausgehen würde, ich schon irgendwie damit klarkommen würde. Doch diese Sache war anders. Ich sah einfach keinen Ausweg. Ich versuchte meine Gedanken wegzukiffen, stellte aber nach dem dritten Joint fest, dass ich zwar immer dichter wurde, die Erlebnisse der letzten Nacht aber immer noch wie Fotos in meinem Kopf umherschwirrten. Also erhob ich mich mit größter Mühe aus meinem Bett und ging durch den Flur zu Uschis Zimmertür. Während ich schon klopfte, überlegte ich kurz, ob es wohl die beste Idee war, der Uniform tragenden Mutter meines zukünftigen Kindes von meinem drogenabhängigen Freund zu erzählen. Doch noch bevor ich den Gedanken zu Ende gedacht hatte, öffnete sich die Tür und Uschi, in einem überdimensionalen, grauen Nicki-„Sportanzug" stand vor mir. „Oh Gott, siehst Du scheiße aus!", sagte sie. „Hast Du die komplette Nacht durchgekifft?" Das gab mir den Rest. Ich öffnete meinen Mund und versuchte etwas zu sagen, aber es kam kein Ton heraus. Ich schluckte und spürte wie sich meine Kehle zusammenschnürte. Mein Blick wurde verschwommen und ich ließ den Kopf hängen. „Hey, hey, hey", sagte Uschi in dem tröstenden Ton, den nur Mütter ihrer Stimme verleihen können. Dabei breitete sie ihre riesigen, schwabbeligen Arme aus und vergrub mich in dem Marianengraben ihres Dekolletés. Minutenlang heulte ich wie ein Schlosshund auf Uschis überdimensionale Titten. Als ich mich endlich wieder gesammelt hatte, erzählte ich ihr mein ganzes Leid. Von Michele, von Philipp, von Steven, diesem erbärmlichen Wichser, mit dem die ganze Scheiße angefangen hatte, von dem geliehenen Geld, dem leeren Blick, der Wodkaflasche und den Einstichen. In der ganzen Zeit sagte Uschi kein Wort. Als ich endlich fertig war, fühlte ich mich, als wäre die Dampfwalze, die immer und immer wieder über mich hinüberrollte, endlich von mir runtergefahren. Ich richtete meinen Blick langsam wieder auf und erblickte Uschis Tränen durchtränktes Oberteil. „Sorry dafür", sagte ich und deutete auf ihren Busen. „Kein Problem", entgegnete Uschi, „das erste Mal ist umsonst." Dabei versuchte sie ein gequältes Lächeln aufzusetzen. Ich nahm es dankend an und lachte übertrieben hysterisch auf, woraufhin auch Uschi milde lächelte. Dann fragte sie: „Hunger?" Und irgendwie schien sich ihre komplette Qualifikation für ihre zukünftige Rolle als Mutter in diesem einen Wort zu manifestieren. Und als hätte sie meinen Kater erahnt, wobei das vielleicht gar nicht mal so schwierig war, saßen wir keine halbe Stunde später am Tisch und machten uns über einen riesigen Berg fettiger, salziger Reibekuchen mit Apfelmus her. In stiller Abmachung, all die belastenden Dinge nicht wieder anzuschneiden, plauderten wir über Songs und was wir mit ihnen verbanden. Dabei stellten wir fest, dass wir den Song „Killing in the name of" von Rage Against The Machine beide mit ein und derselben Demonstration verbanden. Ich weiß gar nicht mehr, worum es damals ging, es muss aber gegen Kapitalismus oder Faschismus oder Sexismus gewesen sein oder gegen irgendeinen anderen „-ismus". Jedenfalls war ich damals scharf auf so eine kleine Afrikanistikstudentin im zweiten Semester mit langen Dreads, die ich auf einem meiner Streifzüge durch die Erstiparties kennengelernt hatte. Ich hatte mich sogar entblödet, mir eine 400 Euro Lederjacke zu kaufen (die natürlich aussehen musste, als sei sie direkt aus den 60ern in die Zukunft gebeamt worden) und mit weißer Farbe „A.C.A.B." darauf zu schreiben. Als meine Angebetete die Jacke sah, hatte sie angewidert die Nase gerümpft und mich über das Schicksal der Kälber in der Lederindustrie aufgeklärt, woraufhin ich die verschandelte Jacke in den nächsten Altkleidercontainer hatte werfen wollen. Weil mir auch das als moralisches Fehlverhalten angekreidet wurde, schenkte ich sie schließlich einem Penner am Rudolfplatz, der sie dankend annahm. Jedenfalls waren wir bei Eiseskälte und strömendem Regen durch die Kölner Innenstadt gezogen und hatten dem verlogenen Establishment in ihre bürgerlichen Spießergesichter gebrüllt, was wir von ihnen und ihrer Ordnung hielten. Die wenigen Teile des Establishments, die dick verpackt und unter Regenschirmen vor den Schaufenstern standen, guckten uns neugierig an und machten Fotos von den besonders exotischen Exemplaren der vorbeiziehenden Parade. Meine Hände, in denen ich ein selbstgebasteltes Transparent hielt, waren taub vor Kälte und unter meinem durchtränkten T-Shirt verfluchte ich meine Entscheidung, die Jacke weggeworfen zu haben. Als wir am Heumarkt angekommen waren und ich das Ende dieser ganzen Prozession herbeibetete, rief uns irgendein abgehalfterter Hippie mit fettigen Haaren und zerschlissenen Schuhen auf, als Zeichen unseres Protestes unsere Kleidung abzulegen und in einer langen Kette um die Reiterstatue Friedrich Wilhelms herum zu legen. In seinen Augen glaubte ich ein lüsternes Funkeln zu erblicken, als sich die ersten Mädels ihrer BHs entledigten und ihre steifgefrorenen Nippel notdürftig mit einem Arm bedeckten. Zack de la Rocha schrie gerade aus voller Kehle „Fuck you I won't do, what you tell me". Ich schaute mir die Vorstellung eine Zeit lang an, aber als immer mehr stark behaarte Menschen entblößt um mich herumtanzten und es langsam an mir gewesen wäre mich dem Protest anzuschließen, entschied ich im Sinne meiner Gesundheit und im Gedanken an die Kälte, die gewiss nicht nur die obere Region meines Körpers erreicht hatte, dass der Sexismus, Kapitalismus oder was auch immer gewonnen hatte. Mit dieser befreienden Erkenntnis verließ ich den Protestzug und fuhr zum Hohenzollernring, wo ich mich bei „Hooters" aufwärmte und mir von einer üppigen Kellnerin einen Burger mit Pommes und Cola servieren ließ. Uschi hatte damals eigentlich ein freies Wochenende gehabt, aber irgendein Idiot in der Verwaltung hatte dann doch noch eine Demonstration genehmigt. Und so hatte sie gelangweilt Babysitter für eine Horde spätpubertärer Möchtegernrebellen spielen müssen. Als der Zug endlich seinen Zielort am Heumarkt erreicht hatte und die Demonstranten, wie abgesprochen, dabei waren ihre Kleidung abzulegen, hatte ihr Vorgesetzter sie dazu verdonnert, mit ein paar Kollegen so lange auszuharren, bis auch die letzten Hippies abgezogen waren. Also setzten sie sich in Bewegung. Und weil von den friedlich tanzenden Nackedeis gerade „Fuck you I won't do what you tell me" herüberschallte, entschieden sie sich, zunächst mal ein warmes Café aufzusuchen und dort zu warten, bis sich die Veranstaltung aufgelöst hatte. Als wir aufgegessen hatten, merkte ich, wie Uschi nervös auf ihrem Stuhl herumrutschte. „Was ist?", fragte ich. Zum ersten Mal seit ich Uschi kennengelernt hatte, schien sie verlegen zu sein. Sie stocherte mit der Gabel ein wenig in dem Rest Apfelmus herum, das sich auf ihrem Teller mit dem erkalteten Fett der Reibekuchen zu einem eitrigen Ying und Yang verbunden hatte. Dann fragte sie: „Was machst du morgen Abend?" Ich dachte kurz darüber nach, mir eine Ausrede zurechtzulegen, aber eigentlich hatte ich gar nichts dagegen, Zeit mit Uschi zu verbringen. Zumal ich ohnehin nicht damit rechnete, dass Michele sich melden und unbedingt etwas mit mir machen wollen würde. Als ich gerade antworten wollte, sagte Uschi: „Ich habe morgen ein Date und wollte dich fragen, ob ich die Wohnung vielleicht für morgen Abend in Beschlag nehmen könnte." Ich war verdutzt. Von allen möglichen Szenarien war das wohl das letzte, das mir in den Sinn gekommen wäre. Im gleichen Moment schämte ich mich für meine Gedanken, schließlich hatte die Frau, die mir gegenübersaß, mich gerade eben erst aus meinem Tal der Tränen befreit, mich getröstet, verköstigt und sogar zum Lachen gebracht. „Ähm, klar. Ich wollte eh noch zu Fetti und was zocken", improvisierte ich. „Danke", sagte Uschi und lächelte mich schüchtern an.

Penzers Reich

„Drrrriiiing" schrillte der grau-grüne Anachronist von einem Scheibentelefon auf der Ecke des Schreibtischs. Penzer blickte in seine Richtung, genervt durch die Ablenkung von seinem Solitairespiel. Er wartete ab. „Drrrriiiing". Sein Blick wanderte zurück zum Bildschirm. Mit etwas Glück war er drauf und dran, seinen persönlichen Highscore zu knacken. „Drrrriiiing". Er entschied, nicht ranzugehen. Was machte eine weitere Beschwerde schon aus. Tiefer als in den Keller der Asservatenkammer konnte er ohnehin nicht sinken. Er sinnierte kurz über diese gelungene Metapher. Das Telefon verstummte und gab dem leisen Summen der Lüfter seines Computers wieder seinen rechtmäßigen Raum. Wie vielversprechend seine Karriere damals, Ende der Siebziger, begonnen hatte! Er hatte noch von den richtigen Beamten lernen dürfen. Denen, die noch wussten, was Respekt vor der Polizei bedeutete und sich nicht zu fein waren, ihn zur Not mit dem Knüppel gegen die gottverdammten Hippies zu verteidigen. Und darin war Penzer richtig gut! Nach seinem Hauptschulabschluss war er zunächst zum Bund gegangen und hatte sich danach in der Hundertschaft bewiesen. War schnell aufgestiegen zum Kommissar und von da aus zum Oberkommissar. Und dann war die ganze Scheiße losgegangen. Zuerst war Eli mit den Kindern ausgezogen. Dann war er bei einer Demo gegen Atomkraft, dem neuesten Fetisch dieser Freaks, vielleicht etwas zu hart gegen die beschissenen Hippies vorgegangen. Aber was erwarteten die denn auch? Dass man sie mit Samthandschuhen von ihren selbst angelegten Ketten befreite, damit sie sich hundert Meter weiter wieder an die Schienen anschlossen? In der

135

Retrospektive war es natürlich etwas unglücklich, dass ausgerechnet ihm der Bolzenschneider abgerutscht war. Wie schnell diese zugedröhnten Love and Peace Zottelköpfe zu einem Mob werden konnten, nur, weil ein Daumen im Gleisbett lag! Unangenehm war natürlich auch, dass er in der Folge auf Alkohol getestet wurde. Immerhin milderte sein Pegel die Anzeige von „vorsätzlich" zu „fahrlässig" und er durfte Polizist bleiben. Aber er wurde in den Innendienst versetzt und war von nun an für die Ausbildung der neuen Rekruten zuständig. Und was da für Leute ankamen! Hatten keine Faser Muskel am Körper, aber konnten das Dienstvorschriftenhandbuch herunterbeten wie der Papst die Bibel. Einige von ihnen waren sogar mit Haaren bis zu den Schultern aufgetaucht, und Penzer war sich nicht sicher gewesen, ob er nicht den ein oder anderen schon einmal gefilzt hatte. Aber gut, sie waren jung und formbar. Und wie sie zu formen waren, davon hatte er eine ziemlich genaue Vorstellung. Natürlich hatte er sich auch um ihr seelisches Wohlergehen gekümmert, und wenn sie in eine brenzlige Situation gekommen wären, hätte er sich nur zu gerne in die erste Reihe gestellt und ihnen gezeigt, wie man die Hippies angemessen deeskalierte. Aber sie waren nie in eine brenzlige Situation gekommen. Stattdessen war er, der sich mit Leib und Seele seiner neuen Aufgabe verschrieben hatte, zwei Jahre nach Beginn der Ausbildung in die Polizeiaufsichtsbehörde einbestellt und befragt worden. Ob er die Polizeianwärter (Rekruten durfte er sie nicht nennen) gezwungen habe, sich die Haare abzurasieren. Ob er von einem Anwärter verlangt habe, seinen Oberkörper zwecks Demonstration des neuen Tasers zu entblößen. Ob er den weiblichen Anwärtern zur Deeskalation geraten habe, den oberen Knopf ihrer Uniform geöffnet zu lassen. Zudem teilte die Behörde nicht die Meinung, ein gemeinsamer Bordellbesuch sei eine geeignete Maßnahme zum Teambuilding. Und außerdem sei es höchst sexistisch. Als Penzer einwandte, er habe sich extra Mühe gegeben, ein Etablissement zu finden, in dem auch die weiblichen Rekruten auf ihre Kosten kamen, hatte die Schreckschraube von einer Paragraphenfetischistin ihm gesagt, sie habe Mitleid mit ihm. Kurzum, er war seinen Ausbilderposten schneller los, als er es sich hätte träumen lassen, und fand sich nun hinter Radargeräten und Verkehrsunfällen wieder. Nach drei Jahren war er von den Diskussionen mit der neunmalklugen Ärzte- und Anwaltsbrut derart angepisst, dass er den Tatbestand „Widerstand gegen die Staatsgewalt" etwas zu großzügig auslegte. Der beschissene kleine Lackaffe hatte gar nicht erst die Gelegenheit „Anzeige" zu röcheln, so schnell hatte er Penzers Knie im Nacken und den Schlagstock an der Kehle. Leider war bereits die Zeit der inzwischen omnipräsenten digitalen Überwachung angebrochen, sodass Penzer erneut bei der Aufsicht antanzen musste. Zur gleichen Zeit forderten dreißig Jahre exzessiver Konsum von Kaffee, Scotch und Selbstgedrehten ihren Tribut und bescherten Penzer einen Bauchspeicheldrüsenkrebs, den er nur mit größter Mühe und radikaler Ernährungsumstellung bewältigen konnte. Geläutert, dem Dienst an der Waffe und in der Öffentlichkeit entzogen und mit einem Arbeitspensum, das seiner Gesundheit zuliebe keine zwanzig Stunden mehr umfasste, war Penzer schließlich in der Asservatenkammer gelandet. Wenn er nicht gerade Solitaire auf seinem Dienstrechner spielte, und er spielte viel Solitaire, war er angewiesen, Beweismittel entgegenzunehmen, in endlosen Regalen in verstaubte Kartons einzusortieren und dann in Listen zu vermerken, wo was zu finden war. In der Regel warf er das meiste in irgendwelche Kartons und beließ es dabei. Sein Handy riss ihn aus seinen Gedanken. Er tippte auf dem Bildschirm rum und fand mit einiger Mühe das Symbol für die angekommenen Nachrichten. „Geh dran! Ich weiß, dass Du da bist." Zeitgleich erwachte der grüne Apparat erneut zum Leben. Penzer schmunzelte in sich hinein. Dieses Telefonat würde er gerne führen. Sein Gesprächspartner war einer der seltenen Lichtblicke innerhalb der hoffnungslos verkommenen Generation der angepassten Fließbandpolizisten. Jemand vom alten Schlag. Er hob den Hörer ab und meldete sich so missmutig, wie er konnte. Er hörte sich das Anliegen an, runzelte kurz die Stirn und freute sich über die Kaltschnäuzigkeit. Nachdem er aufgelegt hatte, trank er den letzten kalten Schluck seines Grünen Tees und schaltete sein Solitairespiel aus. Er hatte in paar Dinge zu erledigen.

Die verlogene Gesellschaft

Tatsächlich hatte Fetti am Abend Zeit und wir trafen uns um kurz vor sechs in seiner Studentenbude. Als ich zu Hause aufgebrochen war, duftete die Wohnung nach einer Mischung verschiedener Kräuter, die ich nie zuvor gesehen hatte, geschweige denn benennen konnte und mit denen Uschi eines ihrer unwiderstehlichen Gerichte zubereitete. Sie versprach mir, genug zu kochen, dass ich später noch etwas essen könne. In Fettis Wohnung hingegen roch es nach abgestandenen Kippen, Fast-Food und feuchter Wäsche. Wie die meisten Wohnungen in und um Köln herrschte in der WG der typische Platzmangel, weswegen die nassen Klamotten auf einem viel zu kleinen Ständer in der Dusche getrocknet wurde, den man nur dann ohne Umkippen beladen konnte, wenn man eine mehrjährige Ausbildung in Statik genossen hatte. Wurde der Wäscheständer gerade von einem anderen WG-Mitglied genutzt, was bei drei Mitbewohnern eigentlich immer der Fall war, blieb einem nichts Anderes übrig, als seine Wäsche im eigenen Zimmer zu trocknen, wodurch jegliche Stuhllehnen, Türrahmen und Haken mit klammer Kleidung geschmückt waren. An den heiligen Gral des Wäscheständers war nur dann ranzukommen, wenn man bereit war, die getrocknete (oder halbwegs trockene) Wäsche eines anderen WG-Mitglieds abzunehmen, um sofort im Anschluss seine eigene Wäsche aufzuhängen. Wartete man auch nur zehn Minuten, so konnte man absolut sicher sein, dass der nächste, der den freien Ständer sah, ihn schneller in Beschlag nahm, als eine freie Sonnenliege im Cluburlaub auf Mallorca. Anschließend

139

versuchte man seine Waschgänge so zu koordinieren, dass man seine trockene Wäsche genau dann abnahm, wenn man bereits einen Korb mit frischer, nasser Wäsche danebenstehen hatte. Das klappte dann so lange, bis einem wieder jemand die halbtrockenen Klamotten aufs Bett warf. Also saß ich zwischen klammen Jeans, die vom Schrank herabhingen und Handtüchern auf der Heizung auf Fettis abgeranzten Schreibtischstuhl und vermied mich anzulehnen, um nicht in Kontakt mit dem nassen Pullover über der Lehne zu geraten. Mir gegenüber auf der Couch saßen Fetti und Luciana, deren kurze Beziehung offensichtlich schon so weit gediehen war, dass Luciana über ihren perfekten Körper eine von Fettis grauen Jogginghosen gestülpt hatte. Ich fragte mich, wie lange es dauern würde, bis sie mir die Tür mit fettigen Haaren und fünfzig Kilo mehr öffnen würde, was zugegebenermaßen schwer vorstellbar war, da Luciana selbst in einem Kartoffelsack noch atemberaubend ausgesehen hätte. Eigentlich hätte ich den Abend lieber mit Fetti allein verbracht, aber Luciana war schon in Ordnung. Wir betrieben ein bisschen sinnfreien Small-Talk, bevor wir auf den Elefanten zu sprechen kamen, der im rosa Tutu durchs Zimmer tanzte. „Hast Du was von Philipp gehört?", wollte Fetti wissen. Jörg hatte ihn von unserem nächtlichen Treffen unterrichtet. „Nein", antwortete ich, „ich wollte anrufen, aber ich konnte nicht." – „Hmm," murmelte Fetti und schaute zum Boden. Und etwas Anderes als „Hmm" und zum Boden zu schauen war mir dazu ja auch nicht eingefallen. „Ist nicht die Schuld von Philipp", brach Luciana das Schweigen. Sie schaute mich an. Ich spürte ihren Blick wie den Lauf einer Pistole auf mich gerichtet. Der Schlitten wurde mit einem metallischen Klicken zurückgezogen, der Abzug durchgezogen. „Ist die Schuld von diesem Steven!", stellte Luciana nüchtern fest. Mit einem infernalischen Knall schoss die Kugel aus der Kammer und raste Millimeter an meinem Kopf vorbei. Mein Herz fing wieder an zu schlagen. Ich schaute Luciana an. Ich fühlte mich zwar immer noch mitverantwortlich, aber diese rehäugige Schönheit hatte mir gerade die Absolution erteilt. „Ja", sagte ich, „Steven ist schuld." Und je tiefer ich diesen Satz sacken ließ, desto mehr schaffte ich es, ihn zu glauben. Ich dachte zurück an den Abend, an dem ich Steven zum ersten Mal gesehen hatte. An dem ich auch Michele kennen gelernt hatte. Ich erinnerte mich an Philipp, wie er ihn mir vorstellte, mit ihm auf der Toilette verschwand und komplett zugeballert wieder hinauskam. Ich sah Steven vor mir, diesen miesen, erbärmlichen Wichser, der bei der Bullenhitze im Stadtpalais in seinem beschissenen schwarzen Longsleeve herumlief, und dann fielen mir wieder die hämatomentstellten Unterarme von Philipp ein, die er mit verzweifelter Mühe zu verbergen versuchte, als wir ihn auf der Straße aufgegriffen hatten. Ja, es bestand überhaupt kein Zweifel, Steven war schuld an der ganzen Scheiße!

Auf dem Heimweg – ich hatte mir nach dem Gespräch über unseren Freund extraviel Zeit gelassen, und noch mit Fetti und Luciana irgendeinen Schwachsinn im Fernsehen geschaut, bis ich es nicht mehr aushalten konnte – ging ich einen Umweg und über den Brüsseler Platz, wo sich die letzten betrunkenen Mittdreißiger über ihren Hugo und Aperol-Spritz Gläsern über ihre Kinder unterhielten oder Tischtennis spielten. Der Brüsseler Platz war für die Mittdreißiger das, was die

Zülpicher Straße für die Mittzwanziger war. Die wenigen Unterschiede bestanden darin, dass man auf der Zülpicher Straße Reissdorf vom Kiosk trank und Flunkiball spielte, während am Brüsseler Platz Wein für acht Euro das Glas oder wenigstens Craftbier konsumiert wurde und die körperliche Aktivität in erster Linie in Tischtennis bestand. Zudem wurde in der Nähe der Uni Elektromusik oder HipHop aus viel zu lauten Boxen gespielt, während sich hier tatsächlich der ein oder andere Familienvater zum Volldepp machte, indem er seine Klampfe rausholte und mehr oder weniger gekonnt „Smoke on the water" anstimmte. Letzteres war ohne Zweifel ein letztes, verzweifeltes Aufbäumen seiner Manneskräfte in der erbärmlichen Hoffnung, auf diese Weise wenigstens einen Bruchteil der Aufmerksamkeit der herumstehenden Fotzen abzubekommen, die er früher einmal gekriegt hatte, als er noch nicht in seinem verspasteten Leinenhemdchen und der „Retro-Schirmmütze" herumgelaufen war, dem kümmerlichen Versuch, seinen höher werdenden Geheimratsecken irgendetwas Joviales abzugewinnen. Inzwischen hatte er sich – ganz erwachsen – zu seiner Vollglatze bekannt und sich eine randlose Brille in seine ausgemergelte Fresse gesetzt, um auf Moby zu machen, den die jüngeren Frauen, die zu beeindrucken er gewillt war, natürlich nicht einmal kannten. Und überhaupt – die Damen. Kaum hatten sie die Dreißig überschritten, tauschten sie ihre hautengen Jeans in ausladende, lange Faltröcke ein, die zu Zeiten von des Führers Oma saumodern gewesen waren. Darunter blitzten megagesunde Birkenstocklatschen hervor, weswegen die Brüsselermuschis durchschnittlich fünf Zentimeter tiefer lagen als die Ringmuschis. Komplettiert
142

wurde dieses Outfit durch eine lockere, bequeme Bluse, die mindestens bis zum zweiten Knopf von oben zugeknöpft zu sein hatte, um ja keine ungewollte Aufmerksamkeit auf das sich langsam in Falten legende Dekolleté freizugeben. Verirrte sich doch mal ein Mäuschen von der Zülpicher Straße in diese Ecke, so erntete es von der Damenwelt verächtliche Blicke und die sabbernden Kerle schauten ihr skeptisch hinterher, nur um sich und ihren Orangenhautfrauen anschließend zu versichern, dass man seine Tochter niemals so aus dem Haus gehen ließe. Kurz und gut, ich sah nicht viele Gründe, warum man den Brüsseler Platz der Zülpicher Straße vorziehen sollte, dennoch ließ ich mich mit meinem „Real handmade Kölsch" auf die Betonmauer neben dem Kircheneingang sinken, um nicht zu früh nach Hause zu kommen. Das Bier schmeckte ekelhaft malzig, weswegen ich mich genötigt sah, Kette zu rauchen, was eine in der Nähe stehende junge Familie mit Kinderwagen mit strafenden Blicken bedachte. Mit diesem angenehmen Gefühl nahm ich einen großen Schluck aus der Flasche und rotzte ihn auf den Boden. Die Frau schüttelte ihren Kopf und wandte sich ab. Ich schaute mich um und überlegte, wie ich diesem verlogenen Haufen von Spießbürgern als nächstes meine Verachtung in ihre Fotzenfressen kotzen könne. Ich ging zum nächsten Kiosk und fand im untersten Fach eines Kühlschranks in der Ecke ein paar Flaschen Öttinger Export. Dazu kaufte ich eine weitere Packung Kippen und ließ Aggro Berlin über mein Handy laufen. Zu dem blechern wummernden Handybass trank ich das ekelhaft schmeckende Billigbier mit stoischer Miene. Gegen eins lichtete der Platz sich langsam. Ich war entschlossen, sitzen zu bleiben, um zu demonstrieren, wie

143

sehr sich mein Leben von dem ihrigen unterschied, als sich ein Penner zu mir setzte, mir seine Flasche Mariacron hinhielt und mich fragte, ob ich neu hier sei. Ohne ein Wort zu sagen, drückte ich ihm meine angebrochene sowie zwei geschlossene Flaschen Öttinger in die Hand, stand auf und ging.

Nackte Realität

Als ich nach Hause kam, blieb ich kurz im Flur vor meiner Wohnungstür stehen und lauschte. Bis auf das beruhigende Surren der Flurbeleuchtung und dumpfen Schritten aus dem Stockwerk über mir war nichts zu hören. Geräuschlos ließ ich den Schlüssel in das Schloss gleiten und öffnete die Tür. Sofort stieg mir der Duft des Essens in die Nase, der mir schon beim Verlassen des Hauses das Wasser im Mund hatte zusammenlaufen lassen. Nur war dieser Duft jetzt geschwängert von einem herben, männlichen Parfum. Ich war mir sicher, diesen Geruch schon einmal vernommen zu haben, konnte ihn aber nicht einordnen. Ich schlich zur Küche. Vor Uschis Zimmer blieb ich kurz stehen. Durch die schwere Holztür drang leises Gekicher. Offensichtlich war Uschis Date noch da. Ich füllte mir einen Riesenberg der verschiedenen Tapas auf, die Uschi zubereitet hatte, und verzog mich in mein Zimmer. Ich war zwar einigermaßen angesoffen, aber angesichts der vor mir ausgebreiteten Köstlichkeiten drehte ich mir zunächst einen dicken Joint, um meine Geschmackszellen wachzukitzeln. Dann schaltete ich den Fernseher ein und zappte so lange durch Wiederholungen von irgendwelchen Unterschichtensendungen, bis ich bei Family Guy hängen blieb. Während ich mich berieseln ließ, schob ich mir eine Dattel im Speckmantel nach der anderen rein, als ich auf einmal ein lautes Rumsen hörte. In der Annahme, irgendetwas sei umgefallen, wollte ich gerade mein Zimmer verlassen um nachzuschauen, als das dumpfe Geräusch erneut zu hören war, dann wieder und wieder und schließlich einen unsteten Rhythmus annahm, gepaart mit tiefem, männlichen Stöhnen. Obwohl ich in den letzten Wochen tatsächlich einige angenehme Seiten des Zusammenlebens mit Uschi kennen gelernt hatte, konnte ich mir kaum vorstellen, wie jemand diesen Koloss einer Frau besteigen konnte. Es musste entweder irgendein Perverser sein oder ein Professioneller. Ja, so war es wohl. Uschi hatte sich einen Call-Boy bestellt, und weil es ihr unangenehm war, hatte sie die Geschichte mit dem Date erfunden. Ich empfand Mitleid für sie. Natürlich hatte auch sie Bedürfnisse, aber wie sollte sie auch einen Partner finden, wenn sie 50 bis 80 Kilo zu viel auf den Rippen hatte? Ich nahm mir vor, mal die Augen offen zu halten. Vielleicht konnte ich ja irgendjemanden finden, der ein paar nette Stunden mit ihr verbrachte. Es musste ja gar keine Beziehung daraus werden. Einfach nur um ihr zu zeigen, dass sie als Frau wahrgenommen wurde. Für jetzt drehte ich den Fernseher lauter und baute mir eine weitere Tüte, um nicht allzu viel aus dem Zimmer nebenan mitzubekommen. Kurze Zeit später wurde ich durch ein Knallen geweckt. Im Fernseher lief *Jackass* und Johnny Knoxville ließ seinen entblößten Arsch gerade mit Orangen torpedieren, die aus einer Art Rohr geschleudert wurden. „Bumm!" Wieder verfehlte eine Orange um wenige Zentimeter ihr Ziel. Mein Joint hatte den teuren Mahagonitisch, den Michele mir aufgeschwatzt hatte, mit einem kreisförmigen dunklen Brandloch verziert. Es war mir egal. Wenn man nicht hinsah, hätte man sogar meinen können, es gehöre dazu. Ich schaltete das Licht ein, den Fernseher aus und lauschte. Es war still. Ich ging ins Bad, um die Geschmackskomposition von Zigarettenrauch, Alkohol und

146

Knoblauch aus meinem Mund zu vertreiben. Als ich das Badezimmer gerade wieder verließ, hörte ich das Klicken von Uschis Zimmertür. Eine dunkle, muskulöse Gestalt huschte durch den Flur zur Haustür und verschwand ebenso schnell wieder aus der Wohnung, wie sie aufgetaucht war. Augenblicklich stieg mir der schwere Moschusgeruch in die Nase. Ich stutzte kurz. War das etwa? – Nein, vollkommen ausgeschlossen. Wieder öffnete sich die Zimmertür und Uschi trat in einem weiten, samtenen Bademantel, der gut und gerne einer Kleinfamilie als Zelt hätte dienen können, in den Flur. Als sie mich erblickte, erschrak sie kurz und lächelte mich dann verlegen an. „Oh, hi! Ich… Wolltest du nicht…? Ich dachte du würdest schon schlafen." Wie angewurzelt blieb ich stehen. „War das…", stammelte ich, „war das Tyler?" Ich war vollkommen fassungslos. „Ähm, ja", erwiderte Uschi. „Und… Er war dein Date?" – „Ja. Er hat mir nach dem Kurs neulich seine Nummer zugesteckt." – „Aber, also ich meine…" Ich tat mich wirklich verdammt schwer Worte, geschweige denn die richtigen, zu finden. „Was?", fragte Uschi und hob prüfend ihre Augenbrauen. „Hattest du gedacht, dass ich keine Chance bei gutaussehenden, trainierten Kerlen habe? Was glaubst du denn? Dass ich mir nen Call-Boy bestellen muss, wenn ich Sex haben will?" – „Ich… Nein! Also, ähm, gute Nacht." – „Gute Nacht!" Als ich mich gerade wieder meinem Zimmer zuwandte, hörte ich eine sehr maskuline Stimme: „Alles klar, Babe?" Und als ich endlich die Tür zuzog, sah ich, wie sich ein muskulöser, dunkler Arm um Uschis Nacken legte. Bis aufs Mark in meinen Grundfesten erschüttert, fiel ich in mein Bett.

In dieser Nacht schlief ich schlecht. Ich hatte einen schrecklichen Albtraum. Darin kam ein sehr kleines, sehr hässliches Kind vor, das nackt an einem Tisch saß. Als Beobachter der Szene näherte ich mich dem Stuhl von hinten. Die fette, kleine Kreatur auf dem Stuhl hatte dasselbe, leicht wellige Haar, wie Uschi. Allmählich umrundete ich den Tisch, um das Kind von vorne zu sehen. Ich erschrak, als ich in das Gesicht blickte, das ich aus meinen Fotoalben kannte. Das Kind schaute mich nicht an. Es nahm noch nicht einmal Notiz von mir. Stattdessen stocherte es mit seiner Gabel in einer wabbeligen, fleischartigen Masse herum, die auf einem viel zu großen Teller vor ihm stand. Die Masse sah aus, wie eine Mischung aus einem Herzen und irgendwelchen anderen Organen, die ich mal in Büchern gesehen hatte, aber nicht benennen konnte. Aus irgendeinem Grund wusste ich aber, dass es sich bei dieser Speise um einen Kuchen handelte, auch wenn er mir absolut zuwider war. Als der fette Gnom sich genüsslich eine weitere Gabel schleimig-triefender Organkuchenmasse in den Mund schob, klopfte es plötzlich an der Tür. Wobei es eher ein dumpfes, tiefes Poltern war, so als versuche jemand, mit einem stumpfen Rammbock eine schwere Eichentür zu durchbrechen. Endlich schaute das Kind von seinem Essen auf und richtete seine blutunterlaufenen Augen neugierig auf die rosarote Pforte. Das Klopfen wurde heftiger, fordernder und ich fühlte mich unwohl. Ohne aus der Ruhe zu kommen, legte der hässliche Troll seine Gabel ab und tupfte sich den Mund mit einer weißen Serviette behutsam sauber. Dann schob er den Stuhl zurück und sprang auf den Boden herab. Mit Beinen, die für seinen fetten Oberkörper deutlich zu kurz waren, watschelte er zur Tür. Ich spürte Panik in mir aufsteigen. Ich brüllte: „Nein! Nein! Stop! Nicht aufmachen!" Aber meine Worte fanden kein Gehör. Unfähig mich zu bewegen, musste ich mit ansehen, wie der Knirps sich der Flügeltür näherte und die wurstigen Finger ausstreckte. „BUMM! BUMM!" bebte die Tür. Als die kleine Hand den Schlitz der Schiebetür erreicht hatte und sie nur einen minimalen Spalt geöffnet hatte, brach plötzlich ein riesiges, schwarzes Ungeheuer herein. Die Türflügel wurden zur Seite geworfen und das Kind, das gerade noch gemütlich an seinem Ekelkuchen gekaut hatte, wurde auf den Rücken geschleudert. In seinen Augen zeichnete sich blankes Entsetzen ab. Das Monster, eine Art Zwitter zwischen Muräne und Python, durchpflügte die Wohnung und stieß den Tisch samt Stuhl und Speisen um. Aus seinem widerwärtigen Maul tropfte weiß glänzender Geifer. Blind wie es war, irrte es ziellos in der Wohnung umher, zerstörte hier die Schlafstelle, dort das Sofa und den Fernseher. Immer wieder raste es durch die kleine Stube, in der der hässliche Gnom wild kreischend umherlief. Endlich erreichte er wieder die Tür und versuchte sie mit aller Gewalt zuzuziehen, was die Bestie nur noch wilder machte. Es war ein aussichtsloser Kampf mit unfairen Mitteln. Schließlich gab der Zwerg auf, hockte sich in Fötalstellung in eine Ecke seiner eben noch makellosen Wohnung und schaute sich jammernd und flehend an, wie der Kopf des Ungeheuers in die letzten Winkel seiner Heimstatt vordrang. Nach einer Ewigkeit schien es gefunden zu haben, wonach es gesucht hatte. Es verharrte kurz regungslos in der Mitte des Raumes. Dann bäumte es sich auf, öffnete sein Maul und kotzte eine riesige Menge weißen, klebrigen, stinkenden Schleim in die Bude. Der Gnom sprang auf seine Stummelbeine, um nicht im

Schleim zu ertrinken, konnte es aber nicht verhindern zwei, drei tiefe Schlucke von dem Zeug in seinen Hals zu bekommen. Röchelnd spuckte er das Zeug wieder aus und schickte eine halb verdaute Portion Fleischkuchen hinterher. Als das Monster die Wohnung wieder verließ, kehrte eine gespenstische Stille ein. Der Schleim floss durch die Tür, die noch einen Spalt offenstand, langsam aus der Wohnung heraus. Der Gnom stellte den umgeworfenen Tisch wieder auf, sammelte Teller und Besteck vom Boden und ging in die Einbauküchenzeile, um über einer gewaltigen Portion Kuchenschleimmasse seinen Frust wegzuessen und den entleerten Magen wieder aufzufüllen. Er setzte sich an den Tisch, band sich eine Serviette um den Hals und leckte sich genüsslich über die Lippen. Da klopfte es an der Hintertür.

Schweißgebadet wachte ich auf. Durch die Ritze der Jalousie warf die Sonne ein gestricheltes Muster auf mein Bett. Der Wecker neben meinem Bett zeigte kurz nach halb elf an. Aus der Küche hörte ich das metallische Klappern von Kochutensilien und zuckte bei dem Gedanken an ein schwarzes Ungeheuer in meiner Speisekammer kurz zusammen. Der vorabendliche Rausch aus Alkohol und viel zu vielen Joints war offensichtlich nicht spurlos an mir vorbeigegegangen und ich spürte einen allmählich einsetzenden Kater im hinteren Teil meines Schädels. Mit der rechten Hand fischte ich in meiner Nachtischschublade herum, schob die angebrochene (und in letzter Zeit viel zu selten genutzte) Schachtel Gummis zur Seite und zog die halbleere Packung Paracetamol heraus. Ich drückte mir zwei Tabletten in die Hand, ging ins Bad und spülte sie runter. In

Boxershorts stampfte ich in Richtung der Küche, von wo mich der herzhafte Duft gebratenen Specks lockte. Ich zögerte kurz die angelehnte Tür aufzudrücken, weil ich befürchtete, Uschi könnte noch einen ihrer Lover verköstigen, entschied dann aber, dass dies immer noch meine Wohnung war, für die ich Geld zahlte. Außerdem hatte ich mit Uschi schließlich nur den Abend verabredet und keine Übernachtung. Trotzdem schob ich die Tür ein wenig ängstlich auf und war erleichtert, als ich Uschi allein über eine gusseiserne Pfanne mit Rührei gebeugt sah. Auf dem Tisch stand ein Frühstück, das jedem Vier-Sterne Hotel Konkurrenz hätte machen können. „Guten Morgen", sagte ich zu Uschi. „Morgen", erwiderte sie. „Hunger?" – „Spaß gehabt?", entgegnete ich. „Und selbst?" – „Geht so." Mit der brutzelnden Pfanne in der Hand drehte sich Uschi zu mir und füllte mir einen großen Berg Rührei auf den Teller. Dann setzte sie sich und goss sich ein Glas frisch gepressten Orangensaft ein. „Sorry, wegen letzter Nacht. Das solltest du nicht mitkriegen." – „Ach!", winkte ich lässig ab, „kein Problem." Ich stocherte in meinem Ei rum. „Also, du und Tyler…", fing ich an. „Ja?", fragte Uschi auffordernd. „Also, kommt das jetzt öfter vor?" – „Bist du etwa eifersüchtig?" – „Nein. Ich meine nur, wegen dem Kind und so." – „Mach dir da mal keine Gedanken. Ich glaube nicht, dass ein bisschen Sex da irgendwelche Probleme bereitet. Aber um deine Frage zu beantworten: Nein, „das mit Tyler" wird nicht viel öfter vorkommen. Er hat schließlich eine Freundin, wie du weißt. Aber es könnte durchaus sein, dass es noch den ein oder anderen weiteren Kerl gibt, sofern du nicht einspringen willst." Dabei hob sie ihre rechte Augenbraue und schaute mich lächelnd an. Ich war nicht sicher, ob sie das nun ernst meinte oder mich nur provozieren wollte und fühlte mich unwohl. Also lachte ich dümmlich und sagte: „Nein. Alles klar. Beim nächsten Mal übernachte ich einfach woanders." Damit schien Uschi zufrieden zu sein, lächelte mich an und gemeinsam genossen wir das köstliche Frühstück. Als wir den Tisch abräumten fragte sie: „Sag mal, wieviel weißt du eigentlich über die Schwangerschaft, Geburt und so weiter?" Ich dachte kurz nach. Obwohl ich versucht hatte, das Thema möglichst weit von mir weisen, hatte ich mich in den letzten Wochen hin und wieder dabei ertappt, wie mich ich auf einschlägigen Internetseiten über die Mysterien der Schwangerschaft informiert hatte. Dabei galt mein Interesse, neben dem standardmäßigen Ablauf ebenjener, im speziellen dem Fachgebiet „Fettleibigkeit und Schwangerschaft". Entsprechend las sich mein Googleverlauf: „Schwangerschaft und Fettleibigkeit", „Risiken Schwangerschaft fette Frau", „Fette Schwangerc behindertes Kind", „Fette Frau Geburt", „Fette Frau Frauenarzt" sowie „Fette Frau vom Frauenarzt gefickt" und „BBW fucks giant black cock". Letztere beide Suchanfragen hatte ich in einem schwachen, verkifften Moment gestellt und mussten dringend aus meinem Verlauf verschwinden, bevor ihn irgendein Mensch zu Gesicht bekam. „Nichts", log ich. „Wirklich gar nichts?" – „Naja, in erster Linie habe ich mich bisher damit auseinandergesetzt, sie zu vermeiden…" Das erntete einen strafenden Blick: „…aber ich weiß ungefähr, wie das ganze abläuft und wann das Kind kommt", ergänzte ich schnell. „Und von der Geburt an sich?" – „Ich würde gerne behaupten, dass das Frauensache ist." – „Dann solltest du auch behaupten, dass Sex Sünde ist, Frauen an den Herd gehören und Juden hakennasige Goldhamster sind." – „Wenn das für dich so in Ordnung ist?!" – „Ernsthaft, willst du da etwas drüber erfahren?" – „Inwiefern?" – „Hast du noch nie was von Geburtsvorbereitungskursen gehört?" – „Haben wir das nicht hinter uns? Du wolltest doch selbst nicht mehr dahin." – „Nein, nicht so ein Gymnastikkurs. Das ist eher ein Seminar. Wo man erfährt, wie man sich vorbereiten kann." – „Ok. Und was soll ich da?" – „Ob du es glaubst oder nicht, Männer können Frauen während des Geburtsvorgangs tatsächlich unterstützen. Selbst wenn es hängen gebliebene kleine Kiffer sind, die sich Dickenpornos anschauen." Ich hätte meinen Laptop nicht im Wohnzimmer stehen lassen sollen. „Du willst, dass ich dabei bin?", fragte ich entgeistert. „Du nicht?" Das galt es erst einmal zu verarbeiten. Mit dieser Option hatte ich mich nie auseinandergesetzt „Ich… weiß nicht", stammelte ich. Wir schwiegen uns an. Nach einer gefühlten Ewigkeit sagte Uschi: „Also dieser Kurs ist übernächstes Wochenende. Überleg es dir halt."

Michele und Steve

Weil Michele meine Anrufe weiterhin ignorierte, machte ich mich auf den Weg zu ihrer Wohnung im Belgischen Viertel, um sie zu überraschen. Unterwegs kaufte ich für ein kleines Vermögen einen riesigen Strauß roter Rosen. Um die Blumen mit einer angemessenen Karte und Schleife zu krönen, fragte die Floristin freudestrahlend, zu welchem Anlass der Strauß denn sei, in der offensichtlichen Erwartung, es gehe um eine Hochzeit oder wenigstens um eine Verlobung. Da sich zu „einfach so" keine passende Karte fand und dies nicht der gewünschten Antwort entsprach, verzog sich die Miene der Verkäuferin wissend. „Wie wäre es mit: ‚Es tut mir Leid'?" Ich verzichtete auf die Karte. Mit den Stielen in der Hand schlenderte ich im kalten Sonnenschein die Aachener Straße hinab. Die Leute, die sich vor den Cafés und unter den Heizpilzen drängten, um die letzten trockenen Tage vor einem zweifellos langen, nassen, kalten Winter zu genießen, mussten ausweichen, damit ich passieren konnte. Vor Micheles Haus blieb ich kurz stehen und legte den Strauß vorsichtig auf dem Boden ab. Das Gewicht der Blumen hatte mir die Dornenstümpfe schmerzhaft in den Ballen der kalten, rechten Hand gedrückt. Ich rieb die eingedrückten Stellen vorsichtig mit der anderen Hand und beobachtete, wie sich das Blut langsam wieder unter der Haut verteilte. Dann nahm ich meine Zigaretten aus der Hosentasche und zündete mir eine an. Ich inhalierte den Rauch tief in meine Lunge, hielt die Luft an und blies ihn dann mit gespitztem Mund in den Himmel. Die Schatten der kahlen Lindenzweige tanzten in der Wolke, bevor sie wieder im Nirgendwo verschwanden. Auf der anderen Straßenseite raubten zwei streitende Kleinkinder ihren ergrauten Eltern den letzten Nerv. Ich warf die abgebrannte Kippe auf den Gehweg, trat sie aus und zündete mir eine neue an. Als auch die aufgeraucht war, betrachtete ich mich kurz in meinem Handy, richtete mir die Haare, hob die Rosen auf und wandte mich zur Tür. Mit leicht zittrigem Finger drückte ich auf die Klingel und wartete. Nichts geschah. Ich drückte ein zweites Mal. Als ich mich gerade mit größerer Erleichterung als Enttäuschung zum Gehen umwenden wollte, ließ der Türsummer mich zusammenschrecken. Viel zu hastig warf ich mich gegen die Tür und stolperte ins Treppenhaus. Mit wackligen Beinen machte ich mich auf den Weg in die fünfte Etage. Meine Lunge protestierte unter dem Eindruck der gerade erst mutwillig zugefügten Zerstörung. Im vierten Stockwerk hielt ich kurz an sammelte mich und atmete tief durch. Dann ging ich die letzten fünfzehn Stufen hoch und wandte mich zu der linken der beiden Wohnungstüren. Sie war verschlossen. Zaghaft klopfte ich an. Ich hörte, wie die Klinke heruntergedrückt wurde. Langsam öffnete sich die Tür, aber nur so weit, dass Michele ihren Kopf durch den Spalt stecken konnte. Ihre Haare waren feucht. Offenbar war sie gerade unter der Dusche gewesen. Ihr Gesicht sah ausgezehrt aus und war durch das heiße Wasser gerötet, wie bei einem Marathonläufer im Winter. Ihre Augen, obwohl immer noch umwerfend schön, hatten deutliche Ränder und waren durch die Seife stark gereizt. Mit großen Pupillen schaute sie mich überrascht an. Es herrschte betretenes Schweigen. Schließlich stammelte ich: „Ich… ich habe dir etwas mitgebracht." Dabei drückte ich die Blumen in den Türspalt, was Michele zwang etwas zurückzuweichen und mich eintreten zu lassen. Sofort umfing mich der Duft von Micheles Herbal Essences gepaart mit dem würzigen Geruch nach Dope und einer weiteren, herben Note, die ich nicht einordnen konnte. Der Wohnungsflur war unaufgeräumt. Auf dem Boden lagen ihre Klamotten verteilt. Auf der Kante der kleinen, hellen IKEA Kommode hatte ein Joint einen dunklen Brandfleck hinterlassen. Die Asche lag auf dem Boden. Auf der Heizung lag ein kleines, leeres Zip-Lock Bag mit einem krakeligen Smiley. Michele trug einen rot-glänzenden, dünnen Bademantel, der kaum bis zu ihren Oberschenkeln reichte und einen guten Blick auf ihr Dekolleté eröffnete. Zwischen ihren Möpsen lugte ein weinroter BH mit schwarzer Spitze aus teurem Stoff hervor. „Was willst du?", fragte Michele mit lallender aber unmissverständlich gereizter Stimme. Ich hatte Mühe, meinen Blick von ihren Titten ab- und ihren Augen zuzuwenden. Wie lange hatte ich darauf gewartet, sie in dieser Unterwäsche zu sehen! „Was – willst – du?", erneuerte Michele ihre Frage überdeutlich, wobei sie zwischen jedem einzelnen Wort eine zweisekündige Pause ließ. „Ich… habe dir Blumen mitgebracht", versuchte ich es und drückte ihr den Strauß an die Brust. Michele rührte sich nicht. Ihre Arme blieben in die Seite gestemmt, wodurch ich wie ein Trottel wirkte, der versuchte, sein Handtuch an einer nackten Wand aufzuhängen. Mit loderndem Blick schaute sie mir in die Augen. Dem konnte ich nicht lange standhalten. Ich senkte meinen Blick und ließ ihn über ihre perfekt in Szene gesetzten Möpse gleiten. Dort verweilte er kurz, bis etwas seine Aufmerksamkeit auf sich zog, das so grausam, so

156

ungeheuerlich war, dass ich es zunächst gar nicht wahrhaben wollte: In Micheles linker Armbeuge waren deutlich zwei Einstichstellen zu erkennen. Einen quälenden Moment lang, der sich in eine gefühlte Ewigkeit erstreckte, brauchte mein Hirn um die Puzzleteile zusammenzusetzen, bis ein lautes „RUMMS" aus dem Bad mich zusammenfahren ließ. Dann öffnete sich die Tür und aus dem nebelverhangenen, hellen Raum trat splitterfasernackt, mit nassem Haar und hochrotem Kopf: Steven. Zwischen seinen Beinen baumelte ein leicht angesteifter Schwanz von einer Größe, wie ich sie bisher nur aus Filmen kannte. Ich blieb wie angewurzelt stehen. Meine Hand verweigerte ihre Arbeit und ließ den Rosenstrauß fallen, der mit einem dumpfen Geräusch auf den kleinen Teppich fiel. Als die Schwärze langsam wieder aus meinem Kopf verschwand, schaute ich zunächst die regungslose Michele an, dann Steven. Dann kamen mir die verdrängten Bilder in den Kopf, aus dem Stadtpalais und von Philipp. Von den Krakelsmilies, der Live und GOA Party. Von Micheles Lachen, als sie mit ihm vom Klo wiedergekommen war. Von Philipp, der mich aus toten Augen anschaute. Eine rasende Wut bahnte sich ihren Weg. Dankbar ließ ich sie in mir aufsteigen, genoss das Adrenalin, das in mein Blut schoss und mich auf meine niedersten Instinkte zurückwarf. Fressen und gefressen werden, Freund oder Feind, Jäger und Beute. Meine Hände ballten sich zu Fäusten, entschlossen, meinen Gegner mit roher, ungehemmter Gewalt zu zerschmettern. In einem Tunnel aus Wut und Raserei machte ich einen Satz nach vorn, holte aus und schleuderte meine rechte Faust in Richtung von Steven, um sie mit seinem Unterkiefer zu vereinen, dass die Zähne nur so aus seiner hässlichen Visage flogen, als mich ein

greller Blitz durchzuckte. Meine Beine gaben nach und ich sackte zum Boden. Mein Kopf schlug unsanft auf dem Buchenlaminat auf. Über mir führte Steven seine Handkante zurück an seine Seite, wo sie an exakt der Stelle zur Ruhe kam, an der ich sie Sekunden zuvor wahrgenommen hatte. Der Hurensohn hatte mich überrumpelt, hatte meinen stümperhaften Angriff antizipiert und mit der Geschmeidigkeit einer Katze darauf reagiert. Ich kochte vor Wut. Wenn er es schmutzig wollte, konnte er es haben. Diesmal würde ihn seine beschissene Handkante nicht schützen. Michele kreischte irgendetwas Unverständliches von der Seite. Ich sammelte all meine Kräfte, nutzte das Überraschungsmoment, stemmte mich mit der linken Hand auf und ließ die rechte als perfekten Haken nach oben sausen, wo Stevens blanke Eier baumelten. Ein grausames Knacken durchzuckte meinen Arm, als Stevens wohlplatzierter Tritt mein Handgelenk traf. Im selben Moment warf er sich auf mich, umschlang meinen Hals mit seinen Beinen und riss an meinem linken, bislang unversehrten Arm. Mein rechtes Handgelenk strahlte pochend Schmerzen bis zu meinem Ellbogen aus. Die linke Schulter drohte jeden Moment aus ihrem Gelenk zu springen und das Luftholen fühlte sich an, als wolle man Götterspeise durch einen Strohhalm saugen. Stevens frisch gewaschenen Eier klebten über meinem Mund. Da ich vor Schmerz und Luftmangel unfähig war zu sprechen, übernahm Steven diesen Part. „Ich will dir nicht wehtun. Wenn ich dich loslasse, beruhigst du dich dann?" Dieser Wichser hatte es fertiggebracht, meinen besten Freund zugrunde zu richten, meine Freundin zu ficken und mich zu vermöbeln und spielte jetzt allen Ernstes den barmherzigen
158

Samariter? Auf dem Rücken in den ausgebreiteten Rosen liegend und mit Stevens Riesenpimmel an meinem Ohr hatte ich jede Würde verloren. Was sollte es jetzt schon ausmachen. Unter einem enormen Kraftakt öffnete ich unter Schmerzen meinen Mund, saugte seinen rechten Hoden ein und biss beherzt zu. Diese Attacke verfehlte ihre Wirkung nicht. Steven jaulte auf und löste seine Beinschere. Diesen Moment nutzte ich, um meinen linken Arm unter höllischen Schmerzen aus seinem Griff zu befreien und einen Satz zur immer noch offenstehenden Tür zu machen. Dabei rutschte ich aus, knallte bäuchlings auf den Betonflur, schlug mit dem Gesicht auf, berappelte mich und stürzte die Treppen hinunter. In meinem Rücken hörte ich wohlwollend das markerschütternde Geschrei von Steven. Als ich endlich wieder im Freien war, rannte ich um die nächste Ecke, wo ich endlich vor einem Baum zusammensackte und meinen Schmerzen und Emotionen freien Lauf ließ. Ich spuckte das Blut in meinem Mund aus, von dem ich nicht wusste, ob es mein eigenes oder Stevens Hodenblut war, heulte und betastete mein zerstörtes Handgelenk. Nachdem ich so etwa fünfzehn Minuten in Selbstmitleid und Pein verbracht hatte, ging es mir deutlich besser. Der Gedanke an den monohodig marodierenden Steven erfüllte mich sogar mit Freude. Ich stützte mein rechtes Handgelenk notdürftig in meinem Hoodie, besorgte mir an einem abgeranzten Kiosk, an dem mein Aussehen nicht einmal einen verwunderten Blick wert war, drei Bier, ein Cola und eine Flasche Whiskey, hockte mich auf eine abgelegene Bank und spülte die Schmerzen so schnell es ging runter. Da ich in der letzten Zeit für meinen Geschmack schon genug Mitleid von Uschi erfahren hatte, schlich ich mich am Abend in die Wohnung und fiel augenblicklich ins Koma.

Der Spiegel im Badezimmer schenkte mir am nächsten Morgen nicht das Antlitz des vertrauten, verkaterten Gesichts mit tiefen Augenringen und schlechter Frisur, sondern irgendetwas zwischen Nicki Lauda und Axel Schulz nach seinem Kampf gegen Goerge Foreman. Meinen Hals zierte ein tiefblaues Hämatom, dessen Verästelungen sich zum Kinn und in die andere Richtung bis unter mein T-Shirt ausbreiteten. Lippen und Nase waren verkrustet und die Augenhöhle auf der Seite meines Gesichts, die den Sturz abgebremst hatte, deutlich angeschwollen. Als ich die Wunden mit der rechten Hand betasten wollte, durchzuckte mich ein stechender Schmerz im Handgelenk. Also nahm ich ein Handtuch in die linke, befeuchtete es mit kaltem Wasser und tupfte so behutsam wie nur möglich das getrocknete Blut aus meinem Gesicht. Nach einer Viertelstunde empfand ich mein Äußeres als einigermaßen akzeptabel. Das Veilchen versteckte ich unter einer viel zu dunklen Sonnenbrille, schaltete das Licht ein und setzte mich an den Küchentisch. Während meiner zweiten und dritten Tasse Kaffee hörte ich erstens Uschis Zimmertür, zweitens die Dusche und drittens den Fön, den Uschi in den Hausstand eingebracht hatte. Geduldig sitzend harrte ich des Unvermeidlichen. Nach weiteren fünf Minuten öffnete sich die Küchentür. Zunächst trat Uschis Bauch ein, gefolgt von seiner rechtmäßigen Besitzerin. Das offensichtliche: „Du bist schon wach?", blieb ihr bereits nach dem „scho…" im Halse stecken und wurde stattdessen ergänzt um: „…oh scheiße, was ist denn mit dir passiert?" Also erzählte ich Uschi die Geschehnisse des letzten Abends, von meinem Weg zu Michele, den Blumen und dem Warten vor der Tür. Davon, wie ich in der Wohnung stand, als Steven auftauchte. Von seinem Angriff auf mich, meinem Konter und wie ich ihn schließlich überwältigt hatte (die Worte „ich habe ihm in seinen blanken Sack gebissen" fielen nicht). Uschi hörte zu, nickte hin und wieder oder sagte „hmhm", „oh Mann" oder „das klingt übel". Sie verzichtete auf detaillierte Nachfragen, wofür ich dankbar war, wunderte mich aber gleichzeitig über den ebenso ausgelassenen Ausdruck ihres Mitleids – nicht, dass ich es gebraucht hätte. Als ich fertig war, deutete sie auf meinen rechten Arm. „Wenn du meine Laienmeinung hören willst: Der ist gebrochen! Soll ich dich zum Arzt bringen?" – „Quatsch!", tat ich so cool, wie es die in mir aufsteigende Panik zuließ. „Das ist nur etwas verstaucht und geschwollen. Ich mache da eine Bandage drum und schone das ein paar Tage." – „Na wenn du meinst", erwiderte Uschi, erhob sich so majestätisch wie eine Elefantenkönigin aus ihrem Stuhl und nahm die kleine Wassermelone von der Arbeitsplatte. Mit der Frucht unterm Arm schaukelte sie in Richtung der Tür. Ich wollte mich gerade wundern, wo sie mit dem Ding hinwollte, als sie sich schneller, als man es von einem Menschen ihres Ausmaßes erwarten könnte, umdrehte und die Melone mit der Aufforderung „Fang!" in meine Richtung schleuderte. Seit der siebten Klasse hatte ich mit den Mädchen und den anderen Opfern in einer Ecke der Sporthalle Völkerball spielen müssen, nachdem die sportlichen Jungs entschieden hatten, dass ich für Fußball, Handball, Hockey und sonstigen Spiele ungeeignet war. Die schuljahrelang antrainierten Reflexe

161

ließen meine Arme nach vorne schnellen und nach der anfliegenden Melone greifen, um sie sicher in meine Magengrube einzusaugen und anschließend mit voller Wucht in Richtung des Mädchens zurückzuschleudern. Doch als meine Hände gerade die kühle, grüne Schale zu fassen kriegten, durchfuhr mich ein entsetzlicher Schmerz und ließ mich laut aufheulen. „Gebrochen!", konstatierte Uschi und ergänzte: „Zum Glück war es kein Säugling." Ich fluchte in mich hinein, während der Schmerz langsam nachließ. Die aufgeplatzte Melone hatte ihr matschiges Fruchthirn auf meinen Füßen verteilt. „Ich mache das weg. Zieh dir was an. Ich bring dich ins Krankenhaus", sagte Uschi. Mit nassen Füßen und gesenktem Kopf dackelte ich aus der Küche.

Erste Hilfe

In der Notaufnahme der Uniklinik war um diese Uhrzeit noch nicht viel los. Ein kleiner, untersetzter Junge in Sportoutfit und viel zu viel Gel in den schulterlangen Haaren hielt sich mit schmerzverzerrtem Gesicht den Ellenbogen, während seine Mutter abwechselnd Pringels in ihn hineinstopfte und die geduldigen Schwestern fragte, wann sie denn nun endlich dran seien. Dann echauffierte sie sich darüber, wie schlecht das Krankenhaus, immerhin die Uniklinik, personell ausgestattet sei und kaufte ihrem Sohn weitere Süßigkeiten am Automaten. Die anderen beiden Gäste waren ein breitschultriger, großer Kerl in dunklem Bauarbeiteroutfit, der einen blutdurchtränkten Verband um seinen Fuß gewickelt hatte, und eine alte Fregatte, die keinerlei Anzeichen einer Verletzung aufwies und sich mit der Pringelsmutti ein Duell um die Auszeichnung für die penetranteste Patientin lieferte. Als ich endlich drankam, scannte der junge Arzt, Dr. Sauer, mich kurz mit seinen Augen. „Wie kann ich Ihnen helfen?", fragte er. „Ich bin hingefallen", antwortete ich und deutete auf mein Handgelenk. „Auf Handgelenk, Hals und Gesicht gleichzeitig?", fragte Sauer. Ich ersparte ihm die Antwort. „Na gut, dann erzählen Sie mir mal bitte, wie genau Sie auf das Handgelenk gefallen sind", seufzte er. Ich erzählte ihm die Geschichte, die ich mir mit einiger Phantasie so zurechtgelegt hatte, dass es für mich plausibel erschien, wie die massive seitliche Gewalteinwirkung auf mein Handgelenk zu erklären war. Anschließend ging ich zum Röntgen. Nachdem die Assistentin dort meinen Arm in allerlei schmerzhaften Lagen

163

abgelichtet hatte, schickte sie mich zurück in den Wartebereich, der sich allmählich füllte. Als ich wieder in das Behandlungszimmer hineingebeten wurde, hingen die Aufnahmen bereits an der beleuchteten Scheibe. Uschi, der es im Wartebereich zu stickig war, musterte die Bilder. „Gebrochen!", verkündete sie. „Und leicht disloziert." – „Eine Kollegin?", fragte der Arzt, der gerade zur Tür hereinkam und ohne ein Wort auf die Bilder zuging. Uschi wurde rot. „Nein. Ich hatte es nur mal versucht." Dr. Sauer beäugte die Bilder. „Tja, da scheint eine Ärztin an Ihnen verloren gegangen zu sein. Die Diagnose stimmt. Therapie?" – „Bei einer leichten Dislokation reponieren und anschließend ruhigstellen?", versuchte es Uschi verlegen. „Exakt! Erlauben Frau Kollegin, dass ich das übernehme?", fragte er mit einem Lächeln an Uschi. „Bitte, Herr Doktor!" Das Geplänkel zwischen den beiden begann mir auf die Nerven zu gehen. Der Arzt nahm meine Hand. „Ich muss hier noch einmal eine Kleinigkeit nachschauen", sagte er. „Was haben Sie eigentlich am letzten Samstag zu Abend gegessen?" Ich wollte gerade über diese dämliche Frage nachdenken, als mich ein plötzlicher Ruck an meinem Arm fast vom Stuhl riss und ein Schmerz von meinem Unterarm aus durch den Arm schoss und sich in einem lauten „Aaaahhhh!!!" aus meinem Mund entlud. Fassungslos blickte ich in das teilnahmslose Gesicht meines Peinigers, der mir bereits ein Papiertuch reichte, um meine Tränen abzutupfen. „Ich wünsche Ihnen eine gute Besserung. Eine Schwester wird gleich kommen, um Ihnen einen Gips anzulegen. Sollten die Schmerzen zu stark sein, können sie mit Paracetamol arbeiten", sagte er und mit einem Zwinkern an Uschi: „Und Sie, Frau..."– „Uschi", half Uschi aus.

„Uschi, überleg dir das mit der Medizin nochmal. Wie du siehst, können wir jede Hilfe gebrauchen. Zumal, wenn sie so nett ist." Als wir das Krankenhaus endlich verließen und ich die angenehm kühle Luft einsaugte, ließen meine Übelkeit und die Schmerzen langsam nach. Uschi konnte ihre Hochstimmung kaum verbergen. „Was war das denn bitte gerade?", fragte ich. „Was?", tat Uschi ahnungslos. „Du weißt genau, wovon ich spreche! Der Flirt? Mit dem Arzt?" – „Ach, das war doch nur Quatsch", winkte Uschi ab. „Also, ich hatte das Gefühl, der hätte gerne mal deine Temperatur gemessen. Und nicht im Ohr!" – „Du hast wirklich ein Talent, die nettesten Dinge auf geschmackloseste und asozialste Art und Weise auszudrücken!", erwiderte Uschi und nach einem kurzen Schweigen etwas unsicherer: „Meinst du wirklich?" Natürlich meinte ich das nicht wirklich. Denn trotz Uschis indiskutabler Qualitäten, man mag sie „Charakter" nennen, standen da noch gut und gerne siebzig Kilogramm zwischen Dr. Sauer und Uschi. Aber Uschi hatte sich einmal mehr um mich gekümmert, mich ins Krankenhaus kutschiert und mir drei Stunden lang Gesellschaft geleistet. Was kostete es mich schon, ihr eine kleine Freude zu bereiten. Also sagte ich einfach: „Ja, wirklich. Und außerdem habe ich mir überlegt, zu diesem Kurs mitzukommen." Uschi wirkte überrascht. „Naja, irgendwie will ich schon dabei sein, wenn mein Kind zur Welt kommt, und vielleicht ist es da besser, wenn ich weiß, worauf ich mich einlasse", ergänzte ich.

Auf dem Weg nach Hause vibrierte mein Handy. Als ich auf das Display schaute, schlug mein Herz höher. Es war Philipp. Seit unserem letzte „Treffen" hatte ich jeglichen Kontakt zu ihm vermieden. Man mag mich mit Fug und Recht einen schlechten Freund schimpfen, aber die Wahrheit war, dass ich es einfach nicht ertrug. Ich bekam die Bilder nicht aus dem Kopf. Ich konnte nicht mit ansehen, wie mein bester Freund mit Nadelstichen im Arm vor mir stand und irgendetwas Unverständliches vor sich hin brabbelte. Ich wollte nicht das Bild des mitunter nervig gutgelaunten Wuschelkopfes verlieren, das ich über so viele Jahre kennengelernt hatte. Wer wusste, mit welchem Philipp ich sprechen würde, wenn ich dranging. Ich drückte ihn weg. Es klingelte erneut. Wieder drückte ich auf den roten Hörer. Keine Minute später bekam ich eine Nachricht: „Was ist los? Geh mal ran. Lange nichts von dir gehört!" Philipp schien entgegen meiner schlimmsten Befürchtung bei klarem Verstand zu sein. Mein Körper entspannte sich etwas. Wieder vibrierte das Telefon. Ich atmete tief ein, pustete die Luft aus und ging dran. Philipp begrüßte mich so normal wie immer. Er redete so normal wie immer. Mit keinem Wort erwähnte er unser letztes unwürdiges Aufeinandertreffen und warf mir in kumpelhafter Manier vor, nicht mehr erreichbar zu sein, obwohl das Kind doch noch gar nicht da sei. Ich tastete mich so vorsichtig in das Gespräch rein, dass Philipp irgendwann fragte: „Ist irgendwas? Du klingst so komisch." – „Ne, alles in Ordnung", entgegnete ich. „Ich war nur gerade ein bisschen in Gedanken. Sag mal, wann haben wir uns eigentlich das letzte Mal gesehen?" Philipp hatte keine Mühe zu antworten: „Ja, vor fast drei Wochen! Bei der 90er Party in der Live! Wir müssen unbedingt mal wieder was machen!" Ich war verblüfft. Der Abend, der mein Weltbild erschüttert hatte, der mir schlaflose Nächte und Magengeschwüre aus Scham und Schuldgefühlen bereitet hatte, existierte in Philipps Erinnerung nicht. Für ihn ging das Leben weiter, als sei nie etwas gewesen. Er hatte seinen Freund längere Zeit nicht gesehen, wollte jetzt endlich mal wieder was mit ihm unternehmen und wunderte sich in dieser Realität vollkommen zurecht über dessen Distanziertheit. Was hätte ich darum gegeben in diese komfortable Parallelwelt einzutauchen. „Ah, stimmt", antwortete ich. „Pass auf", forderte Philipp fröhlich, „am Samstag ist im E-Feld Drum n´Beats Party. Ich wollte vorher zu Steven und dann später dahin. Bist du dabei?" Mein Puls schlug mir bis zu Hals. „Willst du mich verarschen?", fuhr ich Philipp an. „Wieso?" Offensichtlich hatte er keine Ahnung. Wer weiß, welche Dinge in seiner Realität nun stattgefunden hatten und welche nicht! „Ich komme gerade aus dem Krankenhaus, weil dieser Wichser mir den Arm gebrochen hat", bellte ich. Schweigen in der Leitung. Dann: „Hä? Das kann ich mir gar nicht vorstellen. Wieso?" – „Mir ist scheißegal, was du dir in deinem verballerten Schädel vorstellen kannst!" – „Komm mal runter!" Philipp war angepisst. Der gewohnt-gleichgültige Ausdruck seines Missfallens war entweder „Fick Dich!" oder aber „Leck mich!". „Komm mal runter" fiel in dieselbe Kategorie wie „Florian!" und „denk mal bitte darüber nach", Dinge, die nur Personen vorbehalten waren, die ihm so viel bedeuteten, dass sie ihn wirklich wütend machen konnten. „Ich weiß ja nicht, was ihr da für einen Stress hattet, aber Steven ist echt in Ordnung. Komm doch am Samstag mit, wir chillen ein bisschen und ihr klärt das." Ich konnte es nicht fassen. „Bist du behindert? Mach was du willst, aber wenn du dahingehst, will ich nichts mehr von dir hören!" Ich erschrak fast selbst

167

über die Tragweite, die ich meiner Drohung verliehen hatte. Philipp sagte nichts. Zehn Sekunden wütendes Schweigen später sagte er: „Ich habe keine Ahnung, was mit dir los ist. Melde dich, wenn du nicht mehr so ein Wichser bist, wie jetzt gerade." Dann war die Leitung tot. Rasend vor Wut schlug ich mit beiden Händen auf das Handschuhfach, was ich augenblicklich bereute, als der Schmerz durch meinen Arm schoss. Mit Tränen aus Wut und Schmerz presste ich mich in den Sitz rein. Uschi fuhr schweigend den Gürtel entlang. Als meine Wut langsam verkochte, tat es mir ein bisschen Leid, dass sie sich das mit hatte anhören müssen. „Sorry", presste ich aus zusammengekniffenen Lippen. „Schon gut. Philipp?" – „Ja. Wollte am Samstag was machen. Mit mir. Und Steven!" Ich sprach den Namen meines Peinigers so ekelhaft aus, wie es mir nur möglich war. „Hmm. Also, falls du ein Alternativprogramm brauchst: Ich wollte dich und deine Freunde, die beim Umzug geholfen haben, sowieso noch zum Essen einladen. Was hältst du davon?" Ich wägte kurz ab. Wenn ich den Abend alleine zu Hause verbrachte, während Philipp mit Steven und, zumindest in meinem Kopf, Michele zugedröhnt zu Elektrobeats abgingen, würde mir die Wut ein Loch in den Magen fressen. Außerdem standen die Chancen nicht schlecht, dass Jörg und Fetti dann mit von der Partie wären, und das konnte ich auf keinen Fall einfach so hinnehmen. „Ok. Klingt nicht verkehrt", antwortete ich schließlich. „Ich frage mal nach."

Das grau-grüne Telefon klingelte schon wieder. Nach dem x-ten Klingeln hob Penzer ab. „Penzer!" – „Ich bin's. Hast du alles vorbereitet?" Penzer spürte, wie das Leben in seine

Adern floss. „Ja. Wann und wo?" Er notierte sich die Daten und legte auf. Endlich war er wieder im Einsatz!

Fetti war von der Idee des Essens nicht begeistert. Deshalb musste ich Luciana einweihen, die, gebürtige Römerin, die sie war, uns ständig damit in den Ohren hing, wie sehr sie die italienische *cena* mit ihrer Geselligkeit und ihrer Langsamkeit doch vermisse. Anschließend war die Zusage der beiden Formsache, wobei Fetti verlangte, dass es *vino rosso primitivo* geben solle. So drückte er sich tatsächlich aus! Als ob der Bastard einen Weißwein von einem Rotwein unterscheiden könnte, wenn man ihm die Augen verbände. Ich gestand ihm höflichkeitshalber seinen Wunsch zu, wodurch er sein schmachtend-devotes Gesicht immerhin halbwegs wahren konnte. In Jörgs Fall gestaltete sich die Angelegenheit nicht ganz so einfach. Als überzeugter Junggeselle hatte er von Natur aus eine Abneigung gegen jede Art von geselliger Spießigkeit, die den Anruch monogamer Beziehungen verströmte. Obendrein hatte er sich bereits zum Feiern mit Philipp verabredet. Mir blieb daher nichts Anderes übrig, als Jörg von meinem Stelldichein mit Michele und Steven zu berichten und von meinem Telefonat mit Philipp. Dabei spielte es mir in die Karten, dass Jörg auf meiner Seite der Realität lebte. Schließlich gab er mir zu verstehen, dass er zwar keine Lust habe, den Abend bei uns zu verbringen, nun aber ebenso wenig auf Steven und Michele treffen wolle und deshalb einfach zu Hause bleibe und sich „einen entspannten Abend" mache. Ich hatte eine ziemlich genaue Vorstellung davon, wie das nun aussah, war aber mit dem Ergebnis zufrieden. Als der Samstagabend gekommen war, nötigte

Uschi mich, den selten genutzten Tisch im Wohnzimmer vorzubereiten. Meinen Einwand, zu viert könne man doch auch in der Küche sitzen, wehrte sie rigoros ab. Sie brauche die Küche für sich. Also deckte ich maulend den Tisch und freute mich auf das Essen, dessen Duft sich schon ab 14.00 Uhr am Nachmittag in der ganzen Wohnung ausbreitete. Um Punkt sieben klingelte es, und ich öffnete Luciana und Fetti. Obwohl ein Abend in privater Runde, hätte Luciana in ihrem Abendkleid auf jedem roten Teppich eine gute Figur gemacht. Sie sah bezaubernd aus! Um ihr Outfit zu komplettieren, hatte sie Fetti in einen schwarzen Anzug mit weinroter Weste gezwängt, die perfekt mit dem um ihre Taille gewundenen Samttuch harmonierte. Ich musste mich hart zusammenreißen, um nicht laut loszulachen, als Fetti mir wie ein Kommunionskind gegenüberstand. Zu allem Überfluss hatte der Herr Sommelier sich entblödet, einen Dekantierer mitzubringen, den er prätentiös, in einem Stofftuch eingeschlagen, in der rechten Hand schwenkte. Ich warf ihm einen verächtlichen Blick zu, als er Luciana, die ihn auf ihren Pumps um gut drei Zentimeter überragte, ihre dünne Stola abnahm und sie an der Garderobe drapierte. Entschlossen, mich an dieser Darbietung nicht zu beteiligen, zog ich mir meine Adiletten über die Socken und nahm eine Flasche Bier in die Hand. Um kurz nach halb acht servierte Uschi den ersten Gang. Sie hatte es neben dem Kochen fertiggebracht, sich in Schale zu werfen und ihren Wanst so zu kaschieren, dass ein deutlicher Übergang zwischen Brust und Bauch zu erkennen war. Das Essen hielt, was sein Duft versprochen hatte. Es schmeckte göttlich. Vor dem Hauptgang wollte Fetti wissen, was für einen *vino* es denn gäbe. Da ich von Wein ebenso wenig Ahnung hatte, wie der Fetti von vor zwei Monaten, hatte ich Uschi die Wahl überlassen. Sie verkündete einen *Barolo* ergattert zu haben, der ihr empfohlen wurde und von dem sie bedaure, ihn nicht mittrinken zu können. Fetti ließ sich die Flasche zeigen, warf einen kritischen Blick auf das Etikett und ging kurz ins Bad, um sich frisch zu machen. Ich dackelte samt Flasche in die Küche, wo Fettis beschissener Dekantierer bereitstand. Ich wollte den Wein gerade entkorken, als mein Blick auf den Tetrapack „Domkellerstolz Tafelwein" fiel, der seit dem Glühweinabend vor zwei Jahren eingestaubt auf dem Kühlschrank stand. Mein Herz machte einen kleinen Freudenhüpfer. Ich stellte die Flasche zur Seite, öffnete das Paket und goss die dunkelrote Flüssigkeit in den Dekantierer. Ich wartete ab, bis Fetti wieder am Tisch saß, schenkte Luciana und ihm großzügig ein und ließ mich gerne belehren, dass man ein Rotweinglas maximal bis zur breitesten Stelle befülle, eher etwas darunter, wegen der Hebelkräfte. Derweil entschuldigte sich Uschi in die Küche und brachte kurze Zeit später vier Teller mit zartestem Rehrücken heraus. Während wir aßen, schwadronierte Fetti über das herrliche erdig-teerige Bouquet des *Barolo*, das sich hervorragend an das Wild anschmiege. Luciana nippte zweimal an dem Glas und ließ es dann höflich stehen. Nach dem Hauptgang verabschiedete sich Uschi wieder gen Küche, stellte ein wenig gedämpfte Musik ein und ließ sich etwas Zeit für das Dessert einräumen. Luciana war drauf und dran zu helfen, aber Uschi gab ihr zu verstehen, dass sie das alleine machen wolle. Also saßen wir, inzwischen leicht beschwipst, Fetti durch billigen Wein, ich durch mein viertes Bier, Luciana gar nicht, am Tisch und unterhielten uns.

Unweigerlich fiel unser Gespräch auf das Thema Philipp. Obwohl mir klar gewesen war, dass ich es nicht würde umgehen können, schmerzte mich doch die Erinnerung an Philipp. Ich gab ihnen eine Kurzfassung von Steven und Michele und war heilfroh, als Uschi endlich mit der leckersten Tiramisù aus der Küche kam, die ich in meinem ganzen Leben gegessen habe. Im weiteren Verlauf des Abends leerten wir diverse Alkoholika, unterhielten uns über Gott und die Welt und spielten tatsächlich *Tabu*. Alles in allem hatten wir das, was man in spießbürgerlichsten Kreisen wohl einen amüsanten Abend nennt.

Philipps letzter Abend

Als ich am nächsten Morgen aufwachte, fühlte ich mich, als hätte mir jemand Steine in den Magen gelegt. Schlaftrunken und leicht verkatert, schnappte ich meine Hose und tastete mich im Dämmerlicht ins Bad. Dort setzte ich mich auf die Schüssel und versuchte mein Handy aus der Tasche zu fischen, griff aber viermal ins Leere. Leicht genervt nahm ich die abgegriffene *Men's Health* vom Schränkchen, die ein paar Promoschlampen auf dem Campus verteilt hatten, und blätterte durch die Tipps zu einem makellos durchtrainierten Körper in fünf Minuten. Nach einiger Zeit konnte ich meinen Thron verlassen, riss das Fenster auf, soweit es ging und watschelte barfuß und in Jeans zum Kühlschrank, in der Hoffnung, noch eine Kleinigkeit von dem kalten Hirschbraten zu ergattern. Auf dem Küchentisch fand ich mein Handy. Leicht irritiert ließ ich es in meine Hosentasche gleiten, schnitt mir eine dünne Scheibe zartesten Bratens ab und ging zurück in mein Zimmer. Dort schaltete ich Fernseher und Handy ein und freute mich auf einen entspannten Sonntag. Noch bevor mein iPhone mich zur Pineingabe aufforderte, vibrierte es, als habe es Tourette. Das Display verkündete mir vierzehn verpasste Anrufe. Ich drückte auf den grünen Hörer und mein Herz sackte mir in den Magen. Sieben Anrufe drückten ihre unbedingte Dringlichkeit aus und entfielen auf „Philipp Zuhause", was seit seinem Auszug so viel hieß wie „Philipps Mutter", fünf auf meine Mum und zwei auf eine unbekannte Nummer mit Kölner Vorwahl. Mir würde übel. In meinem Kopf manifestierte sich mein verdrängter Albtraum: Philipp auf der Party voll auf Droge. Eine Überdosis. Zusammenbruch. Krankenwagen. Exitus. „Herr Blume, können Sie den Verstorbenen identifizieren?" Und die letzten Worte, die ich zu ihm gesagt hatte waren: „Ich will nie wieder etwas von dir hören." Ich war kaum imstande, das Handy in meiner Hand zu halten. Auf gar keinen Fall wollte ich jetzt mit Philipps Mutter sprechen. Mit einem Kloß im Hals, so groß, dass ich kaum schlucken konnte, wählte ich die Nummer meiner Mutter. Noch bevor mein Handy zum ersten Mal klingelte ging sie dran. „Philipp! Gott sei Dank! Wie geht es dir? Wo bist du?" Natürlich ging sie davon aus, dass ich mit meinem besten Freund zusammen gewesen war, als es so weit war. Dass ich an seiner Seite gestanden, seine Hand gehalten und auf ihn eingeredet hatte, als er sich aus dieser Welt verabschiedet hatte. Stattdessen hatte ich Wildbraten in mich hineingestopft, Bier getrunken und beschissene Gesellschaftsspiele gespielt. Ich fing an zu Schluchzen, unfähig auch nur ein Wort zu sagen. „Hey, hey Flo", versuchte meine Mutter zu besänftigen, „es wird alles gut. Wir finden eine Lösung." Eine Lösung? Wie sollte es eine Lösung dafür geben? Oder… ich schöpfte zarte Hoffnung. „Ich… bin zu Hause", brachte ich hervor. „Ich war nicht mit Philipp unterwegs." – „Oh Gott sei Dank!", entfuhr es meiner Mutter erneut. „Was ist denn passiert?", fragte ich vorsichtig. „Hat Isabel dich noch nicht erreicht? Philipp wurde gestern Abend festgenommen. Irgendetwas mit Drogen. Er will nicht mit ihr sprechen." Mir fiel ein Felsbrocken vom Herzen. Der Kloß in meinem Hals entspannte sich. „Florian…", Sätze, die mit „Florian" begannen, pflegten selten einen positiven Verlauf für mich zu nehmen. „Florian, hast du irgendwas mit Drogen

174

zu tun?" Ich musste mich zusammenreißen, um nicht laut aufzulachen. Wie groß doch die mütterliche Kraft sein musste, so offensichtliche Dinge, wie den jahrelangen, mitunter exzessiven Konsum mannigfaltigster Betäubungsmittel der eigenen Kinder zu verdrängen. „Ich meine, wenn du darüber reden willst…"– „Können wir dieses Gespräch ein anderes Mal führen? Ich muss mich jetzt um Philipp kümmern." – „Ja, klar", sagte meine Mutter verständnisvoll. „Ich will nur, dass du weißt, dass ich immer für dich da bin. Egal, um was es geht!" – „Ich weiß", entgegnete ich. „Es ist alles gut. Mach dir keine Sorgen." In der Gewissheit, der Mutter meines besten Freundes nicht zum Verlust ihres einzigen Sohnes kondolieren zu müssen, rief ich Isabel, Philipps Mum, an. Sie klang verständlicherweise noch aufgelöster als meine Mutter, mit einem Hauch von Vorwurf, der auch nicht aus ihrer Stimme verschwand, als ich anmerkte, dass ich Philipp am Abend zuvor gar nicht gesehen habe. Sie gab mir die Adresse der Polizeistation, die Philipp in Gewahrsam hatte, und ich versprach ihr, so schnell wie möglich dorthin zu fahren und Bericht zu erstatten. Ich ließ also den unangerührten Braten stehen, bekämpfte meinen Kater mit einer schnellen Dusche und zwei Aspirin, die ich mit einem großen Glas Cola runterspülte, und machte mich auf den Weg in die Niehler Straße nach Nippes. An der Wache angekommen beschlich mich das ungute Gefühl, dass ich immer dann bekam, wenn zu viele Polizisten in meiner Nähe waren. Vorsichtshalber durchsuchte ich ein drittes Mal meine Taschen auf potenziell illegale Substanzen. Dann öffnete ich die schwere Glastür und betrat das Gebäude. Im Inneren herrschte geschäftiges Treiben. Aus einem Wartebereich neben dem Empfang, der aus allen Nähten platzte, wurden in unregelmäßigen Abständen Personen in verschiedene Dienstzimmer gerufen. Die meisten Besucher waren alleine da. Eine Familie schaute in banger Erwartung auf die Flurtür. In der Ecke hielt sich ein Koloss von zwei Metern Größe und 120 Kilo die Hände vor sein tätowiertes Gesicht und schluchzte. Ich trug mein Anliegen vor und wurde angewiesen, im Wartebereich Platz zu nehmen, was purer Hohn war. Weil der Kaffeeautomat defekt war, stillte ich meinen Brand mit Cola aus einer PET-Flasche und beobachtete meine Mitmenschen. Eine Dreiviertelstunde später wurde ich aufgerufen und von einem übergewichtigen, alten Polizisten durch endlose Korridore geführt. Unterwegs wurde ich aufgeklärt, dass ich mit Herrn Siebert sprechen-, mich aber nicht weiter als zwei Meter an ihn annähern dürfe. Schließlich öffnete der Beamte eine graue Stahltür und ließ mich eintreten. In dem spartanisch eingerichteten Raum saß Philipp auf einem blau gepolsterten Stuhl mit verchromten Metallbeinen. Augenblicklich verstand ich, warum er sich geweigert hatte, seine Mutter zu empfangen. Selbst als Leiche in dem Horrorszenario in meinem Kopf hatte er lebendiger ausgesehen. Seine Augen waren eingefallen. Darunter zeichneten sich schwarze Ringe ab. Auf seinen dreckigen Wangen hatten Tränen feine Rinnsale hinterlassen. Die Haut war aschfahl und die vertrockneten, spröden Lippen waren an ein paar Stellen aufgeplatzt. Seine Haare waren verklebt und sahen aus, als seien sie mit dem Inhalt eines Staubsaugers gepudert worden. Es kostete ihn sichtlich Mühe, den Kopf zu heben und in meine Richtung zu schauen. Als er mich wahrnahm, huschte ein Anflug von Erleichterung über sein Gesicht. Auf Geheiß

176

des Polizisten setzte ich mich ihm gegenüber auf den Stuhl. So saßen wir eine Zeit lang schweigend da und blickten uns beschämt an. Eher um die drückende Stille zu beenden, als um eine Information bemüht, fragte ich schließlich: „Harter Abend?" Philipp nickte behäbig mit dem Kopf. „Wie geht es Dir?" Philipp öffnete den Mund, brachte aber zunächst nur ein heiseres Krächzen hervor. Mit größter Mühe sagte er schließlich: „Ich habe Angst." – „Wieso?", fragte ich, hätte mir die Frage aber genauso gut selbst beantworten können. Philipp war, wie ich, immer noch auf Bewährung. Die Tatsache, dass er mir nun hier gegenübersaß, sprach nicht unbedingt dafür, dass er in den letzten 24 Stunden der rechtschaffene Bürger gewesen war, als den ihn das richterliche Urteil gerne gesehen hätte. Ich erwartete also keine Antwort und fragte stattdessen, was am Abend zuvor geschehen war. „Wir waren erst bei Steven und haben gechillt." Ich ignorierte meinen spontanen Anflug von Wut. „Später waren wir dann im E-Feld. Geile Party, bisschen geballert. Und auf einmal waren überall Bullen. Ich hab Paranoia geschoben und wollte abhauen, aber da lag ich schon auf dem Boden. Die haben mich durchsucht und dann in den Wagen geworfen." – „Und was gefunden?" – „Ja", gestand Philipp und senkte seinen Blick, „ein paar Teilchen." – „Hartes Zeug?", nahm ich ihn weiter ins Verhör. Philipp blickte auf und schaute mir in die Augen. Ich hielt dem Blick stand. Das war's. Showdown. Ich packte die Schrotflinte aus. „Ich habe deinen Arm gesehen." Philipps Blick huschte erschrocken auf seine linke Armbeuge. Allein diese Geste war von verräterischer Deutlichkeit. Irritiert kamen seine Augen auf dem langärmligen Pullover zu Ruhe. „Vor zwei Wochen",

ergänzte ich. „Am Barbarossaplatz. Du warst komplett verballert." Erneut begab sich Philipp in die Position des reuigen Sünders. Mit gesenktem Haupt sagte er: „Scheiße Mann. Die letzten Wochen waren echt zu hart." Ich hatte Mitleid mit ihm. So austauschbar unser Lebensstil bis vor Kurzem gewesen war, so austauschbar hätten unsere Rollen in diesem unwürdigen Dialog sein können. Ich fragte mich, an welcher Stelle unsere Wege sich geteilt hatten. Mit Michele? Kaum vorstellbar bei ihrer offensichtlichen Zuneigung zu langen Parties und harten Drogen. Mit dem neuen Job? Mit… Uschi? Mir kam ein erschreckender Einfall. „Was ist mit Steven?", fragte ich. „Weiß nicht. Den haben sie auch mitgenommen." Ich lächelte still in mich hinein. „Michele?" „War auf der Tanzfläche. Sie hat sich den ganzen Abend an so einem Latino gerieben." Stevens Stern begann wohl langsam zu sinken. Ich versprach Philipp, seine Mutter anzurufen und so gut es ging zu beruhigen. Auf dem Weg nach draußen fragte ich den Beamten, der mich hineingelassen hatte, wie lange sie meinen Freund hierbehalten würden. Er klärte mich auf, zu laufenden Ermittlungen natürlich nichts mitteilen zu können, Verdachtspersonen grundsätzlich aber nur dann in Gewahrsam blieben, wenn Flucht- oder Verdunklungsgefahr bestünde und auch dann nur so lange wie eben nötig. „Glaub mir, es ist kein Vergnügen, hier die Herberge für Obdachlose und Junkies zu geben." Meinen Versuch, ihn von der Absurdität Philipp, könne irgendetwas verdunkeln oder gar fliehen, zu überzeugen, brach ich nach dem zweiten Satz unter seinen gequälten Augen ab. Als ich wieder zu Hause ankam, war ich so tief in Gedanken versunken, dass ich beinahe
178

übersehen hätte, dass jemand vor meiner Wohnungstür stand. „Hallo", krächzte Michele. Ich erschrak kurz. Michele glich in ihren Gesichtszügen auf groteske Weise Philipp. Ihre Augen wirkten übermüdet, die Lippen, obwohl durch einen knallroten Lippenstift übermalt, waren rissig. Im Gesicht trug sie selbst für ihre Verhältnisse viel Makeup. Ihren Körper hatte sie mit einer weißen Bluse mit dunkelblauem Blazer in Szene gesetzt, der durch einen karierten Minirock ergänzt war. Ihre beiden Zöpfe komplettierten die schlechte Karikatur eines Schulmädchens. „Was willst du?", fragte ich etwas schneidiger, als beabsichtigt. „Hey, also ich wollte es wiedergutmachen." Ich war irritiert. In der gesamten Zeit, in der ich Michele kannte, war stets ich der Part gewesen, der zu einem Kreuze kroch, von dem er nicht einmal wusste, wo genau es stand. „Was?", fragte ich patzig. „Ja, also ich habe noch einmal nachgedacht. Und du bedeutest mir echt viel und mit Steven, das war nur so ein Ausrutscher. Und das ist jetzt vorbei." – „Könnte das daran liegen, dass Steven gerade in derselben Scheiße sitzt, in die er zufällig auch Philipp reingerissen hat?" – „Ja... also nein. Können wir das nicht einfach vergessen und ein bisschen chillen?" – „Was ist los? Bist du komplett geisteskrank? Mein bester Freund sitzt im Knast. Du hast mich abgeschossen und dich im nächstem Moment von Steven ficken lassen und jetzt willst du mit mir chillen?" Bei dem letzten Wort deutete ich ernsthaft zwei Anführungszeichen mit den Mittel- und Zeigefingern meiner Hände an, wofür ich mich augenblicklich hasste. „Komm, lass uns einfach rein und was rauchen", beharrte Michele. So langsam dämmerte es mir. Michele war auf Turkey. Ihre aktuelle Quelle war letzte Nacht versiegt, als sie in einem

Polizeiwagen abtransportiert wurde und Michele bei maximaler Serotoninausschüttung über die Tanzfläche trippte. Ein paar schlaflose Stunden später hatte ihr Körper sie in die schönste Katerdepression gestürzt, aus der zu entfliehen sie sich durch ein bisschen Gras erhoffte. Und wenn es das Dope von ihrem treudoofen Exfreund war. Ich holte Luft. „Lass-mich-in-Ruhe!", sprach ich langsam und überdeutlich aus, nicht deutlich genug für Michele und ihren Entzug. Sie startete einen letzten verzweifelten Versuch: „Aaalso… ich habe unter diesem Rock nichts drunter." – „Dann sollte es doch keine Schwierigkeit für dich sein, bei irgendeinem Ticker ein bisschen Stoff zu kriegen. Und jetzt geh aus dem Weg und lass mich rein!" Micheles Miene verdunkelte sich. Ihre Augen wurden zu schmalen Schlitzen und ich konnte die dicke Schicht Mascara förmlich in ihren durchfurchten Augenwinkeln bröckeln sehen. „Dann geh doch rein in deine beschissene Wohnung, mit deiner beschissenen Cousine und ihrem beschissenen Bastard!", brüllte sie mich an. Ich schaute ihr in die Augen. „Mein beschissener Bastard!", sagte ich ruhig und deutlich. Wie lange hatte ich mir den Kopf darüber zerbrochen, wie ich Michele diese Nachricht überbringen sollte, und jetzt gerade schien nichts leichter als das. Micheles Augen weiteten sich. „Du bist so krank!", schrie sie empört. „Du fickst deine eigene Cousine!" Mir fiel es wie Schuppen aus den Augen. Ich hätte am liebsten laut losgelacht. Michele war so offensichtlich dumm, dass es nur einem absolut verblendeten Vollidioten nicht auffallen konnte. Wie hatte ich das, was Uschi direkt durchschaut hatte, nur übersehen können? Hatte mein Schwanz tatsächlich meinem Verstand im Wege gestanden? Gier frisst Hirn. Ohne Michele eines

180

weiteren Wortes zu würdigen, drängte ich sie zur Seite, öffnete die Wohnung und ignorierte ihre Schläge auf meinen Rücken. Mit einer knallenden Tür verbannte ich sie aus meinem Leben.

Glücklicherweise war Uschi nicht zu Hause und hatte das Schauspiel nicht mitbekommen, sodass ich nicht in der unangenehmen Position war einzugestehen, dass sie Recht hatte. Ich erledigte den Anruf bei Philipps Mutter, räumte die Wohnung auf, baute mir einen Joint, entschied mich um und beantwortete die unzähligen Mails von der Arbeit, die ich vor mir hergeschoben hatte. Am Nachmittag trudelte Uschi ein, und wir aßen gemeinsam von dem Braten. Sie verlor kein Wort über Philipp oder Michele. Als wir das Dessert löffelten, sagte ich nebenbei: „War ganz gut, dass ich gestern nicht mit Philipp unterwegs war." – „Warum?" Ich schaute ihr in die Augen, konnte keinerlei Regung darin erkennen. „Es hat wohl eine Razzia gegeben." Uschi reagierte nicht. Also führte ich meinen Monolog fort: „Oder nicht direkt eine Razzia. Philipp meinte, die hätten sich direkt Steven und ihn rausgepickt. Sie sitzen beide gerade in Gewahrsam. Verdunklungsgefahr oder so etwas." Uschi schaute mich weiter mit neutralem Gesichtsausdruck an. „Und wie findest du das?", fragte sie schließlich. „Wie meinst du das? Philipp sitzt im Knast. Er ist noch auf Bewährung." – „Genau wie Steven", entgegnete sie und zog die Augenbrauen hoch. Sie war offenbar besser informiert als ich. „Sag mal, hast du irgendetwas damit zu tun?", fragte ich schließlich. „Ich?", tat Uschi verletzt. „Ich war doch den ganzen Abend hier und habe für dich und deine Freunde das Essen zubereitet." Und dafür gesorgt, dass weder ich noch Fetti oder Jörg mit Philipp auf der Party waren, dachte ich. „Das war nicht meine Frage", drängte ich. „Und wenn es so wäre?" Ich überlegte. „Ich habe Angst um Philipp", gestand ich. „Ich weiß. Aber warte bitte einfach ein bisschen ab. Wenn er keine großen Mengen an hartem Stoff bei sich hatte, wird der Strafrichter da vielleicht nochmal ein Auge zudrücken und ihm eine weitere Bewährung geben. Vertrau mir." Ohne zu wissen warum, wirkte der Nachdruck, mit dem Uschi das sagte, extrem beruhigend. Mein Körper entspannte sich. „Ich habe etwas für dich", sagte Uschi. Sie ließ ihre Hand zwischen die Kochbücher auf dem Regal neben dem Tisch gleiten und fischte ein kleines, in Papier eingeschlagenes Päckchen hervor, das mir bisher entgangen war. Ich fragte mich, welche Köstlichkeit darin verborgen sein mochte. Uschi schlug das Papier auf, und brachte ein Pappschächtelchen zum Vorschein, das sie vor mich auf den Tisch legte. Ich nahm es und hob den Deckel an. Anstatt der erhofften Süßspeise lag darin ein Plastiktütchen mit weißem Inhalt. Ich brauchte eine Sekunde, um zu verstehen, was dort lag. Es war meine persönliche „Sie kommen aus dem Gefängnis frei" – Karte. Ich schaute Uschi an. „Ich vertraue dir!", sagte sie mit trockener Stimme. Unweigerlich hatte ich schon wieder Schwierigkeiten zu schlucken. Dankbarerweise durchbrach Uschis Räuspern die brüllende Stille. „Außerdem", sagte sie und deutete mit ihren Zeigefingern auf ihren massiven Bauch, „steckst du da so oder so noch mit drin." – „Danke", sagte ich, eher dafür, dass mir Vertrauen ausgesprochen wurde, als für das Tütchen mit dem Koks. „Was machst Du heute Abend?", fragte ich Uschi. „Ich habe eine Verabredung." – „Oh, ein Date?" – „So in der Art." –

„Ok. Wie lange brauchst du? Reicht es, wenn ich nach Mitternacht nach Hause komme, oder soll ich für die nächsten zwei Tage ausziehen?" – „Nein. Doch nicht so ein Date", winkte Uschi ab, „ein richtiges." – „Oh, na dann viel Erfolg." – „Danke. Sollte es nicht klappen, werde ich übrigens dir die Schuld geben, schließlich wäre es ohne dich gar nicht zustande gekommen." Ich brauchte einen Moment. Dann fiel es mir ein. Ich ersparte Uschi und mir allerlei billige Witze über potenzielle Doktorspielchen, wünschte ihr viel Erfolg, ging in mein Zimmer und schaltete den Fernseher ein. Ich zappte durch die Programme, bis ich auf *Two and a half men* hängen blieb, nahm mir den Joint, und zündete ihn an. Ich inhalierte den süßen, würzigen Rauch tief in meine Lunge und ließ mich in die Polster sinken.

Epilog

Am 20. Februar 2014 sitzt Flo um halb fünf morgens auf einem der blau gepolsterten Stühle im Wartebereich vor dem Kreißsaal. Trotz der Uhrzeit ist er hellwach und nüchtern. Nervös wippt er mit dem Fuß auf und ab, steht auf, geht zur Tür des Zimmers, in dem Uschi liegt, geht wieder zurück, lässt sich auf den Stuhl fallen. Uschi war mehr als dankbar, als Flo die Idee in den Raum gestellt hatte, vielleicht doch nicht mit in den Kreißsaal zu kommen. Zu traumatisierend waren die Erfahrungen gewesen, die er in dem Geburtsvorbereitungskurs gemacht hatte. Was gäbe er darum, jetzt eine Zigarette rauchen zu können! Vielleicht, wenn er sich hinten in die Ecke ganz dicht ans Fenster stellte? Er verwirft den Gedanken angesichts der sich vor Schmerzen windenden Schwangeren nebenan, die ihrem Mann das Leben zur Hölle macht. Er steht auf, geht zum Wasserspender und zapft sich zum dritten Mal kaltes Wasser in das Papierhütchen. Als er sich wieder auf den Stuhl setzt, legt Dr. Sauer ihm beruhigend seine Hand auf die Schulter. Als Uschi vor zwei Monaten ausgezogen war, um mit ihrem neuen Verlobten zusammenzuleben, hatte Flo die Entscheidung bedauert. Der wachsende Speckstreifen um seine Hüften zeugte von seiner Rückkehr zu bewährter Junk-Food Küche. Deshalb freute er sich jedes Mal auf den Freitag, wenn er sich mit Uschi traf, um etwas zu unternehmen (in der Regel Babyklamotten einkaufen, Kinderwagen einkaufen oder Kinderbett einkaufen) und zu kochen. Die Unternehmungen verbanden sie häufig mit einem Besuch im Lindenthaler

Tierpark, wo Philipp nach seinem zweimonatigen Entzug seine Sozialstunden ableistete. Ein gnädiger Richter hatte ihm erneut eine Bewährung erteilt. Allerdings musste er sich regelmäßig zum Drogentest melden, was Jörg einerseits bedauerte, weil ihm ein langjähriger, zuverlässiger Kunde verloren gegangen war, aus freundschaftlicher Perspektive aber begrüßte. Steven hingegen war nicht so glimpflich davongekommen. Die ermittelnden Beamten waren bei der Durchsuchung seiner Wohnung auf die größte Menge an Amphetaminen und Kokain gestoßen, die in den letzten fünf Jahren in Köln sichergestellt worden war. Express-Online titelte: „Kölner Koks-König geschnappt". Stevens Protest vor Gericht und sein Ausraster, als er schließlich abgeführt wurde, gingen auf Youtube viral. In der JVA Köln hatte der hodenlose Neuling schnell ein paar Fans gefunden, die es zu schätzen wussten, wenn ihnen keine Eier gegen die Lenden klatschten. Michele hatte auf einer Bootsmesse, wo sie als Hostess arbeitete, einen Arzt kennengelernt. Seine Haut war, den ausgiebigen Solariumsitzungen und seinem Alter geschuldet, zwar etwas ledrig, dafür hatte er den großen Vorzug, dass er Michele kostenlos mit besten Opiaten versorgte. Dummerweise hatte seine Ex Stress geschoben, als Michele vollkommen zugeballert die Tür öffnete, um die gemeinsamen Kinder in Empfang zu nehmen, die kaum jünger waren als sie selbst. Ihr Versorger hatte bei den Worten „Anzeige" und „Verstoß gegen das Arzneimittelgesetz" den Schwanz eingezogen und Michele auf die Straße gesetzt. Mit abgebrochenem Studium, ohne Geld und Wohnung und mit einer veritablen Drogenabhängigkeit hatte sie sich zunächst als Abendbegleitung für den solventen Herrn verdingt, bis ihre zunehmenden Ticks und Psychotrips für die Kundschaft nicht mehr hinnehmbar waren. In der Folge hatte sie einen Arbeitgeber gefunden, der ihr für einen gewissen Anteil ihrer Einnahmen einen Bauwagen am Bonner Verteiler zur Verfügung stellte und sie zudem mit gestrecktem Pep und Chrystal versorgte. Die durchreisenden Kraftfahrer standen auf ihr elegantes, weinrotes Dessous.

Sommer 2014: Mit zitternder Hand halte ich die Flasche. Mein Körper ist auf das stumpfe Befolgen von Befehlen reduziert. Das Gesicht, das mich aus dem Spiegel gegenüber anschaut, wirkt ausgezehrt und fremd. Selbst im Halbdunkel zeichnen sich tiefe Ringe unter meinen Augen ab. Das trockene Brennen lässt vermuten, dass sie feuerrot sind. Von meinem T-Shirt steigt mir der säuerliche Geruch von Erbrochenem in die Nase. Ich torkle umher, versuche den ohrenbetäubenden Lärm auszublenden, finde mich endlich im richtigen Rhythmus wippen und genieße den kurzen Moment der Stille. Ich wanke zurück, beuge mich erneut nach vorn. Mit der Behutsamkeit eines Bombenentschärfers lege ich meine Tochter zurück in ihr Bett und stecke ihr einen Schnuller in den Mund. Auf Zehenspitzen taste ich mich in Richtung des Bades, schließe leise die Tür und streife mir das Shirt über den Kopf. Ich wasche die gelblich-weiße Soße, die einst aus Uschis Brüsten und dann, leidlich verdaut, aus einem Magen ausgeschieden wurde, so gut es geht ab und lege das Oberteil über den Badewannenrand. Anschließend trete ich den unwürdigen Gang zu dem Korb mit der schmutzigen Wäsche an und suche mir das T-Shirt heraus, das am wenigsten verschmutzt ist, um den Kleiderschrank nicht öffnen zu müssen. Bevor ich die Tür öffne, schalte ich das Licht aus. Dann drücke ich die Klinke leise hinunter und begebe mich auf den Weg in mein Zimmer. Im vollkommenen Dunkel mache ich nach fünf Schritten eine neunzig Grad Kehre nach rechts und in die Richtung, wo ich die Tür vermute. Mit einem dumpfen „Wumpf" tritt mein kleiner Zeh gegen den Türrahmen. Ich brülle den stechenden Schmerz in mich hinein, fluche innerlich und humple mit einer Träne im Augenwinkel weiter zum Bett. Erschöpft lasse ich mich in die Matratze sinken und taste mit der Hand nach dem Wecker auf meinem Nachttisch. Ich finde ihn nicht, taste weiter, wische ihn herunter. Er fällt mit einem markerschütternden Geschepper auf den Boden. Ich bleibe wie eingefroren liegen und schicke ein Stoßgebet in Richtung der Zimmerdecke. Aus dem Nebenraum drängt ein kurzes Gemurmel, dann ein Meckern, dann leises Wimmern. Ich schließe die Augen, atme tief ein und schwinge mich aus dem Bett. Auf dem Weg zum Kinderzimmer wird das Weinen langsam lauter. Ich beuge mich über das kleine Bett, taste auf der Matratze herum, finde schließlich den Schnuller und stecke ihn in den kleinen, meckernden Mund. Das Schreien verstummt zu einem Murmeln, dann zu einem tiefen, zufriedenen Atmen. Ich verharre noch eine Weile über das Bett gebeugt und gebe meinen Augen die Zeit, sich an die Dunkelheit zu gewöhnen. Auf der hellen Oberfläche der Matratze zeichnen sich dunkle Konturen ab, dann erkenne ich langsam die winzig kleinen Hände und das runde Gesicht. Ich streichle sanft über den Bauch, was mit einem tiefen Grunzen goutiert wird. Das Leben ist schön.